Kira Gembri

Ruby Fairygale – Das Geheimnis der Tierwandler

Alle Bände von **Ruby Fairygale**:

Band 1: Der Ruf der Fabelwesen
Band 2: Die Hüter der magischen Bucht
Band 3: Das Geheimnis der Tierwandler

Kira Gembri

Ruby Fairygale

Das Geheimnis der Tierwandler

Band 3

Mit Illustrationen von Verena Körting

Loewe

FSC
www.fsc.org
MIX
Papier aus verantwortungsvollen Quellen
FSC® C014496

ISBN 978-3-7432-0461-4
1. Auflage 2021

Umschlag- und Innenillustrationen: Verena Körting
Umschlaggestaltung: Johanna Mühlbauer
Printed in the EU

www.loewe-verlag.de

Inhalt

1. KAPITEL

Meerjungfrau mit Liebeskummer

Es gab Tage, an denen fragte ich mich, ob Patch Island der schönste Ort auf der Welt war. Und dann gab es noch andere Tage, da *wusste* ich es einfach. So wie heute.

„Komm, wir machen ein Wettrennen bis zum Strand!“, rief Noah, als wir gerade die Kuppe des Hügels erreicht hatten. Von hier aus führte ein schmaler Trampelpfad in die kleine Bucht im Norden der Insel hinunter. Schmetterlinge gaukelten zwischen bemoosten Felsen und die blühenden Ginsterbüsche dufteten herrlich in der Abendsonne.

Doch Noah hielt offenbar nichts davon, den Augenblick zu genießen. Ohne auf meine Antwort zu warten, stürmte er in Richtung Strand, sodass sein schwarzer Rucksack wild auf und ab hüpfte.

„Frühstart!“, protestierte ich und wollte ebenfalls losrennen, aber ich hatte Schmuggel an der Leine und der trottete seelenruhig weiter. Schmuggel wog etwa zwanzig Kilo mehr als ich. Wenn er wollte, hätte *er mich* hinterherschleifen können, aber ganz bestimmt nicht umgekehrt. In gemächlichem Tempo erreichten wir also den Strand, wo uns Noah entgegengrinste.

„Oh, Pech für dich“, meinte er schadenfroh. „Der Verlierer muss leider alle Betten machen.“

Ich schnitt ihm eine Grimasse. „Behauptet wer?“

„Der Erfinder dieses Wettrennens.“ Lachend sprintete Noah die letzten paar Meter bis zum Schuppen und ich beschloss, ihm seinen Sieg zu gönnen. Erstens hatte ich einfach zu gute Laune und zweitens waren die Betten, von denen er sprach, nur wenig größer als ein Schuh.

Wie immer huschte ein Lächeln über mein Gesicht, während ich die Schuppentür öffnete. *„Es werde Licht“*,

wisperte ich in die Dunkelheit hinein. Schlagartig erhellte magisches Licht den ganzen riesigen Saal, in dem sich ein Untersuchungsbereich und mehrere Wohnabteilungen aneinanderreihten. Als wir in eine Landschaft aus Felsen, Moos und Heidekraut kamen, wurden wir von begeistertem Johlen begrüßt. Grün gekleidete Männlein streckten die Köpfe aus ihren Häusern und winkten mit ihren Hüten.

„Wuschelkopf und Flammenhaar, die Menschenkinder sind jetzt da!“, krakeelten sie.

„Hey, ich hab mich heute Morgen gekämmt“, sagte Noah und fuhr sich durch seine zerzausten dunkelbraunen Haare. „Außerdem brauch ich keine Styling-Tipps von Leuten, die Gestrüpp am Kinn haben.“

Die Kobolde kicherten entzückt. Mit Noah zu streiten, liebten sie fast noch mehr als ihre struppigen Bärte. Während wir ihre Verbände kontrollierten und ich die winzigen Betten frisch bezog, krähten sie unermüdlich Schimpfwörter – in alphabetischer Reihenfolge von *alter Affenfloh* bis *zottiger Ziegenpo.* Erst als wir den Proviant verteilt hatten, kehrte wieder Ruhe ein. Zufrieden beobachtete ich, wie die Kobolde sich über winzige Sandwiches, Kuchen- und Obststückchen hermachten. Sie hatten ihre Portionen noch nicht ganz verdrückt, da ertönte aus einiger Entfernung ein Platschen.

Ohne zu zögern liefen Noah und ich los, aber ich spürte dabei ein nervöses Kribbeln im Bauch. Obwohl ich bereits seit vielen Jahren Fabelwesen pflegte, fand ich es immer noch aufregend, wenn ein neuer Patient zu uns kam. Es konnte sich ja um einen Drachen oder einen ausgehungerten Ghul handeln, der uns zur Begrüßung ein paar Finger abknabbern wollte. So etwas brauchten wir wirklich nicht, solange meine Großmutter noch in der Reha-Klinik war. Zum Glück würde Nana bald nach Hause zurückkehren!

Erleichterung durchströmte mich, als wir hinter die

nächste Bretterwand traten und mein Blick auf die Öffnung im Boden fiel. Dort führte ein Tunnel geradewegs ins Meer und das grünhaarige Mädchen, das daraus hervorspähte, kannte ich bereits.

„Fiona!", rief ich und hüpfte durch den Glitzersand, der in dieser Abteilung den Boden bedeckte. „Endlich sehen wir uns wieder! Wie geht es dir?"

Etwas gequält erwiderte die Meerjungfrau mein Lächeln. Die Zeit bei uns gehörte sicher nicht zu ihren schönsten Erinnerungen. Nana und ich hatten sie gesund gepflegt, nachdem sie von einem Seemann mit einem Messer verletzt worden war.

„Meine Wunden sind gut verheilt, danke", sagte sie, „aber leider blutet jetzt mein Herz. – Bildlich gesprochen natürlich", fügte sie schnell hinzu. „Es ist nämlich so, dass ich mich verliebt habe …"

„Schon wieder?", fragten Noah und ich wie aus einem Mund.

Fiona warf mit einem hochmütigen *„Pph!"* ihre grünen Haare nach hinten. „Keine Angst, diesmal ist mein Angebeteter kein brutaler Seemann", erklärte sie würdevoll, „sondern ein absolut bezauberndes Geschöpf." Sie klatschte einmal mit ihrer glitzernden Flosse aufs Wasser. Nur

Sekunden später tauchte ein Kopf neben ihr auf – der runde graubraune Kopf eines Seehunds.

Noah räusperte sich. „Hm, nett aussehen tut er ja …“, sagte er gedehnt. „Aber meinst du, ihr passt zueinander?“

„Er ist ein Selkie, du Einfaltspinsel!“, rief Fiona und warf dramatisch beide Arme in die Luft. „Ein Wesen, das wie ein Seehund *und* wie ein Mensch aussehen kann! Normalerweise nimmt er immer seine menschliche Gestalt an, wenn wir zusammen sind, aber seit unserem letzten Treffen muss ihm etwas Schlimmes zugestoßen sein. Er wirkt total erschöpft. Als hätte er nicht mehr genug Kraft, um sich zu verwandeln!“

„Ähm, entschuldige die blöde Frage“, stotterte ich, „aber bist du *sicher*, dass das hier dein Freund ist? Seehunde sehen einander ja sehr ähnlich ...“

Fiona schnaubte empört. „Na hör mal, ich werde doch wohl meinen herzallerliebsten Robert erkennen!“

„Robert Robbe“, wiederholte Noah. „Wie passend.“

„Das haben wir gleich“, sagte ich und wandte mich mit einem freundlichen Lächeln an den Seehund. „Hallo, ich heiße Ruby Fairygale. Wenn du ein Selkie bist, der sich nicht verwandeln kann, dann klatsch doch bitte einmal mit den Flossen, ja?“

Nichts passierte. Robert schaute mich nur aus seinen großen Knopfaugen an und es war unmöglich zu beurteilen, ob er verzweifelt oder einfach nur gelangweilt war.

„Er steht unter Schock", sagte Fiona.

„Oder er ist ein Seehund", entgegnete Noah.

Ich knuffte ihn ein bisschen mit dem Ellenbogen, damit er Fiona in Ruhe ließ. Anders als Kobolde waren Meerjungfrauen nämlich schnell beleidigt. „Es gibt wohl keine Möglichkeit, herauszufinden, ob er wirklich ein magisches Wesen ist", fasste ich zusammen.

Noah knuffte zurück. „O doch, die gibt es", widersprach er. Seine Augen leuchteten in einem intensiven Blau, so wie immer, wenn er bester Laune war. „Frag ihn, Ruby", flüsterte er mir eindringlich zu. „Frag ihn so, dass du seine Antwort verstehen kannst!"

Leider hatte er nicht bedacht, dass Meerjungfrauen sehr gute Ohren hatten.

„Was soll das?", schimpfte Fiona. „Was redet ihr da? Raus mit der Sprache, immerhin geht es um meinen Herzallerliebsten!"

Ich presste kurz die Lippen zusammen, aber mir dämmerte, dass ich keine Wahl hatte. Nun würde also ein weiteres Fabelwesen von meinen Kräften erfahren.

„Okay, pass auf“, sagte ich langsam. „Noah meint, dass ich den Seehund in *seiner* Sprache fragen könnte, ob er wirklich Robert ist.“

Fiona starrte mich an, als wäre mir gerade ein Fisch aus der Nase geflutscht. „Wie soll das denn gehen?“, fragte sie. „Du bist doch kein Selkie!“

„Nein, aber ich könnte trotzdem seine Gestalt annehmen. Genau wie die von allen anderen Tieren … Weil ich nämlich ein Pooka bin.“

Einen Moment lang sagte niemand etwas und meine Worte schienen in der Stille nachzuhallen. Für mich klangen sie immer noch verrückt, schließlich hatte ich meine Fähigkeiten selbst erst vor wenigen Tagen entdeckt. Aber es fühlte sich trotzdem irgendwie befreiend an, Fiona die Wahrheit zu erzählen. Ich hasste Heimlichtuerei und hatte es schon immer schrecklich gefunden, die magische Pflegestation vor meinen Freunden –

„Was?“ Fionas entsetztes Flüstern riss mich aus meinen Gedanken. „Wie furchtbar! Und ich habe Robert ausgerechnet zu *dir* gebracht, das werde ich mir niemals verzeihen!“

„Hey, was soll denn die Aufregung?“, fragte Noah, die Hände beschwichtigend erhoben. „Dein Freund ist doch auch ein Gestaltwandler. Warum findest du es bei Ruby so schlimm?“

Fiona hörte ihm gar nicht zu. Ihr Blick war immer noch auf mich gerichtet und ihre Unterlippe bebte. „Ich fasse es nicht, dass ich dir vertraut habe! Aber du hast deine Macht eben gut verborgen – genauso, wie es in unserem Lied vorausgesagt wird!“

Noah und ich sahen einander beunruhigt an. „Welches Lied denn?“, fragte Noah. „Ich dachte, nur Feen könnten die Zukunft vorhersagen.“

Fiona schaffte es, trotz ihrer Angst die Nase zu rümpfen. „Weissagungen von Feen taugen nicht viel, die sind zu oberflächlich“, meinte sie. „Unsere Zukunftslieder hingegen sind so tief und dunkel wie das Meer. Die Wellen flüstern sie uns zu und sie werden von einer Sängerin zur anderen weitergetragen. Jede Meerjungfrau in dieser Gegend weiß, dass man sich von Pookas fernhalten muss!“ Sie schlang ihren Arm um den Seehund und ich begriff, dass sie mit ihm zurück in den Tunnel wollte.

„Warte!“, rief ich aus. „Kannst du uns nicht verraten, wie dieses Zukunftslied geht? Vielleicht ist das alles bloß ein Missverständnis!“

Fiona hielt inne, die türkisfarbenen Augen zu Schlitzen verengt. „Also gut“, sagte sie, ohne den Seehund loszulassen. „Ich singe es euch vor. Aber nur, um zu beweisen, dass wir gewarnt sind. Ein Pooka kann uns nicht so einfach in die Falle locken!“

Sie machte einen tiefen Atemzug und legte den Kopf in den Nacken, sodass ihre Haare wie Seetang durchs Wasser trieben. Als sie dann eine Melodie zu summen begann, schienen die Haare lebendig zu werden. Sie wirbelten um Fiona herum, tanzten und hoben sich sogar ein paar Zentimeter in die Luft. Kein Wunder, dass es Geschichten über Seemänner gab, die vor Staunen über den magischen Gesang der Meerjungfrauen ins Meer plumpsten! Doch im Gegensatz zur Melodie hatte der Text leider ganz und gar nichts Zauberhaftes an sich.

„O Schwestern und Brüder, nehmt euch in Acht
vor dem Tierwandlerwesen – es verbirgt seine Macht!
Scheint harmlos mit freundlichem Menschengesicht …
Doch nahe kommen dürft ihr ihm nicht!
Sein Herz wird von Dunkelheit bestimmt,
passt auf, dass es euch nicht das Kostbarste nimmt!
Dieses Lied soll bewirken, dass niemand vergisst,

dass der Pooka nicht ehrlich –
dass der Pooka gefährlich –
dass der Pooka ein Feind alles Magischen ist.“

Kaum hatte Fiona das letzte Wort gesungen, zerrte sie den Seehund auch schon unter Wasser. Ganz kurz sah man noch ihre Schwanzflossen im Tunnel, dann waren die beiden fort.

2. KAPITEL

Ein überraschender Fund

Soll ich dir mal was sagen?", fragte Noah etwas später, als wir schon fast wieder zu Hause waren. „Du machst ein Gesicht wie Schmuggel, wenn man ihm zu sehr auf die Pelle rückt."

Schmuggel grummelte leise und es klang nach Zustimmung. Auch jetzt wirkte seine Miene reichlich grantig, aber das hatte bei ihm nichts zu bedeuten. Viel ungewöhnlicher war es, dass er mir aufmunternd die Schnauze gegen die Hüfte stieß. Trotzdem bohrte ich meine Fäuste nur noch tiefer in die Taschen meiner Jeans und trottete mit gesenktem Kopf weiter.

„Ich muss mich korrigieren", fuhr Noah fort. „Du machst ein Gesicht wie der alte Fergus an einem Tag ohne Torte. – Hey!" Er überholte mich und baute sich zwischen mir und dem Hoftor auf. „Warum lässt du diese Sache so an dich ran? Meerjungfrauen sind viel zu empfindlich. Das hat Florabella uns doch erklärt!"

„Feen und Meerjungfrauen können einander einfach nicht leiden, deswegen behauptet Florabella das", sagte ich. „Auch unter Fabelwesen gibt es nun mal Vorurteile. Aber die Vorurteile gegenüber Pookas sind anscheinend noch viel, viel schlimmer! Wenn die Meerjungfrauen wirklich solche Angst haben, dauert es bestimmt nicht mehr lange, bis sich auch die anderen Fabelwesen vor mir fürchten!"

Noah verdrehte die Augen. „Ach, komm schon. Was soll an euch Pookas denn so gefährlich sein?"

Ich schluckte schwer. „Dass wir unsere Kräfte nicht unter Kontrolle haben? Dass wir uns bei Albträumen oder starken negativen Gefühlen jederzeit in wilde Tiere verwandeln können, genauso wie beim Kontakt mit Sturm, Feuer oder Meerwasser? Und dass wir uns später oft nicht an unsere Taten erinnern, auch wenn wir das größte Chaos –“

„Das weiß ich doch alles“, fiel Noah mir ins Wort. „Trotzdem finde ich Fionas Reaktion total übertrieben. Ich renne ja auch nicht kreischend vor dir davon!“

„Das wirst du aber, sobald ich dich als schwarzer Löwe auffressen will“, sagte ich düster. „Wenn ich die magische Pflegestation weiterführen möchte, muss ich lernen, mich besser zu beherrschen. Nur dann werden mir wieder alle Fabelwesen vertrauen!“

„Okay, vielleicht wäre es wirklich ganz gut, mehr über deine Fähigkeiten herauszufinden“, räumte Noah ein. „Aber wie soll das gehen, wenn es hier keine anderen Pookas gibt und alle nur Gerüchte herumerzählen? Ich bezweifle, dass darüber was Hilfreiches auf Wikipedia steht. Und deine Nana …“

„… können wir nicht fragen“, ergänzte ich schnell. „Das ist definitiv kein Thema für ein Telefongespräch. Ich erzähle ihr ganz in Ruhe von meinen Wandlerfähigkeiten, wenn sie wieder zu Hause ist.“ Einen Moment lang schwiegen wir beide und ich dachte darüber nach, wie meine Großmutter wohl reagieren würde. Freundlich und locker, wie es normalerweise ihre Art war? Oder eher verwirrt, besorgt … vielleicht sogar ein bisschen wie Fiona?! Bei dieser Vorstellung fühlte ich mich gleich noch elender. Dann aber tauchte ein Gedanke in mir auf, der mein Herz schneller schlagen ließ.

„Was ist mit meinen Eltern?", stieß ich hervor. „Wenn ich die Wandlerfähigkeit von ihnen geerbt habe, könnten sie mir doch beibringen, wie man richtig damit umgeht!"

Noah pfiff leise durch die Zähne. „Stimmt, du wolltest dich ja sowieso auf die Suche nach ihnen machen. Wenn wir sie aufspüren, schlagen wir gleich zwei Fliegen mit einer Klappe … Äh, sorry, blöder Vergleich", fügte er hinzu, weil er sich wohl erinnert hatte, dass ich selbst schon mal eine Fliege gewesen war. „Aber wo sollen wir mit der Suche beginnen?"

„Am Anfang", verkündete ich. „An *meinem* Anfang hier auf der Insel. Los, komm mit!" Ich schob mich an ihm vorbei durch das Hoftor und stürmte zum Haupthaus, das genau zwischen der Tierarztpraxis meiner Großmutter und dem Gebäude mit den Pflegetieren stand. Noah folgte mir, ohne Fragen zu stellen, und auch Schmuggel ließ sich diesmal zu einem schnelleren Tempo bewegen. Wahrscheinlich spürte er, wie aufgeregt ich war – oder er freute sich einfach nur auf seinen Lieblingsplatz vor dem Kamin.

Im Haus angekommen, marschierte er nämlich geradewegs in die Wohnstube. Ich lief inzwischen die Treppe hinauf, wobei ich versuchte, die knarrenden Stufen auszulassen. Gut möglich, dass Winifred Appleton im Schlafzimmer meiner Großmutter saß und strickte. Ganz im Gegensatz zu ihrer Vorgängerin, der herrischen Mrs Silverton, war Nanas neue Vertretung sehr sanft und zurückhaltend. Oft bemerkten wir gar nicht, dass wir das Haus mit ihr teilten. Aber vielleicht hätte sie jetzt Lust gehabt, ein bisschen mit uns zu plaudern, und ich wollte keine Zeit verlieren.

Oben angekommen, deutete ich auf eine Luke in der Decke. Noah, der einen Kopf größer war als ich, öffnete die Klappe zum Dachboden und zog die metallene Leiter zu uns herunter. Es schepperte und wir hielten kurz den

Atem an, doch aus dem unteren Stockwerk war immer noch kein Mucks zu hören. Erleichtert begann ich zu klettern.

Der Dachboden wurde von Nana und mir kaum benutzt. Eine dicke Staubschicht bedeckte die Holzdielen und überall hingen Spinnenweben. Noah, der hinter mir die Leiter heraufgekommen war, ließ den Blick über die Kisten, die Regale und das Gerümpel schweifen. „Also, wonach genau suchen wir?“, fragte er und schaute mich erwartungsvoll an.

„Nach Hinweisen auf meine Herkunft“, antwortete ich. „Allerdings fürchte ich, da wird es nicht viel geben – ich hatte ja noch nicht mal Kleider an, als Nana mich am Strand gefunden hat.“

„Du warst winzig und nackt und kahl wie eine Kartoffel“, ergänzte Noah, dem ich das leider bei unserer ersten Begegnung genau so erzählt hatte.

„Jedenfalls“, fuhr ich mit erhobener Stimme fort, „hat die Polizei nach meinen Eltern gesucht. Die Unterlagen dazu müssen hier irgendwo bei meinen anderen Sachen sein.“

„Alles klar, ich schau mal dort drüben.“ Noah ging zu einem vollgestopften Regal neben dem Dachbodenfenster, während ich mich über ein paar Kartons mit der Aufschrift RUBY hermachte. Eine Weile kramte ich in Kinderkleidung, alten Zeichnungen und Basteleien, bis aus Noahs Richtung ein Poltern ertönte. „Was ist passiert?“, fragte ich und blickte hoch.

Noah rieb sich den Kopf. „Ein Buch hat mich brutal attackiert.“

„Ist vielleicht ein Zeichen, dass du etwas mehr lesen solltest“, neckte ich ihn.

„Pah! Wenn ich was lesen will, versuche ich es eher mit deinem komischen Lieblingsbuch und nicht mit … *Kraft der Kräuter: Gewöhnliche Pflanzen und was sie Außergewöhnliches bewirken können.* Ärks, da schlafe ich ja schon beim Lesen des Titels ein. Aber ich bezweifle, dass *Doktor Poolittle* so viel spannender ist.“

„Ich denke, du weißt sehr gut, dass es eigentlich Doktor *Do*little heißt“, sagte ich und schnitt ihm eine Grimasse, ehe ich mich dem nächsten Karton widmete. „Der Glückliche kann mit Tieren sprechen, ohne dass er dafür …“ Ich erstarrte. Unter einem Stapel Babybücher hatte ich eine Mappe gefunden, auf der *Rubys Ankunft* stand. Mit zitternden Fingern öffnete ich sie und stieß auf Formulare und Dokumente vom Jugendamt. Auch ein Zeitungsartikel über meinen Fund war dabei: *Säugling am Strand entdeckt – Eltern unbekannt,* lautete die Überschrift. Und was war das? Ein winziges Tütchen mit einer Kette darin!

„Ist das Bernstein?", fragte Noah, der an meine Seite getreten war. „Meine Mom hat mir so ein Ding umgelegt, als ich Probleme beim Zähnekriegen hatte. Dad findet Heilsteine schwachsinnig, aber aufgehoben hat er die Kette trotzdem ..." Er verstummte und ich konnte hören, wie er tief Luft holte. „Oh! Du meinst, das hier stammt von *deiner* Mom?"

„Jedenfalls muss ich es als Baby getragen haben, sonst wäre es doch nicht in dieser Mappe!" Mit zitternden Fingern holte ich die Kette heraus und betrachtete sie genauer. Die aufgefädelten Bernsteine waren winzig wie Milchzähne, aber der metallene Drehverschluss bot genug Platz für vier eingravierte Buchstaben.

„W. A. S. P.", las ich heiser und in der nächsten Sekunde hatte Noah sein Smartphone gezückt. Was er dann tat, erinnerte ein bisschen an einen Regentanz: Er ging mit langen Schritten auf und ab und streckte den Arm in alle Himmelsrichtungen. „Bingo", sagte er, als er endlich Internetempfang hatte. „Es ist eine Abkürzung. Erstens für eine amerikanische Metal-Band und zweitens für die *Wild*

Animal Station Prenderville, eine Wildtierstation auf dem Festland."

„Diese Kette ist der Beweis, dass meine Eltern mich nicht ausgesetzt haben!", stieß ich hervor. „Wenn sie mir beim Zahnen helfen wollten, hatten sie mich doch ganz bestimmt gern! Wieso hat Nana mir das verheimlicht?"

„Wahrscheinlich hat sie sich deine Reaktion ausgemalt." Noahs Stimme klang ungewöhnlich sanft.

„Wie meinst du das?", fragte ich, das Kettchen so fest umklammert, als könnte es sich jeden Augenblick in Luft auflösen.

„Ich schätze, deine Grandma wollte nicht, dass du dir zu große Hoffnungen machst", erklärte Noah. „Egal, ob deine Eltern dich ausgesetzt haben oder ob du ihnen in Tiergestalt entwischt bist – sie haben nicht versucht, dich wiederzufinden. Damals hat sich niemand gemeldet, der ein Baby vermisst. Steht alles in diesem Bericht, schau mal." Er tippte auf ein Dokument, das ebenfalls in der Mappe gesteckt hatte.

Ein Kloß wuchs in meiner Kehle, während ich die Zeilen überflog. Dann aber schluckte ich ihn herunter und sagte fest: „Dafür kann es viele Erklärungen geben. Möglicherweise waren sie gar nicht in der Lage, nach mir zu suchen. Es wird höchste Zeit, dass *ich* mich auf die Suche nach *ihnen* mache! Und auf der Wildtierstation Prenderville fange ich an."

Noah versuchte gar nicht erst, mich davon abzuhalten. „Wie kommen wir denn aufs Festland?", fragte er.

„Mit dem Postschiff, gleich morgen früh", antwortete ich wie aus der Pistole geschossen. „Wenn wir Cormack lieb bitten, holt er uns am Abend bestimmt mit seinem Kutter ab. Wir erzählen ihm einfach, dass Brianna uns eingeladen hat. Sie war meine beste Freundin hier, bis sie vor ein paar Monaten mit ihren Eltern aufs Festland gezogen ist."

„Guter Plan. Und was machen wir mit den Kobolden?"

„Die fragen wir, ob sie einen Tag ohne uns auskommen. Sie sind doch alle fast gesund. Das wird bestimmt kein Problem."

Als wir etwas später bei der magischen Pflegestation ankamen, war es bereits stockdunkel. Zuvor hatten wir den Dachboden unbemerkt verlassen und Winnie von „Briannas Einladung" erzählt. Sie hatte sich nur erkundigt, ob

Bris Eltern uns vom Hafen abholen würden, aber sonst keine Fragen gestellt. Und sie versprach, sich inzwischen gut um Schmuggel zu kümmern. Sicher glaubte sie, solche Besuche wären nichts Besonderes. Wie sollte sie auch ahnen, dass Bri und ich kaum noch Kontakt hatten, seit sie weggezogen war?

Anschließend riefen wir Cormack an, der zusagte, uns morgen Abend wieder nach Patch Island zu bringen. Nun brauchten wir nur noch den Kobolden Bescheid zu geben. Dafür hatten wir extra gewartet, bis Winnie schlafen gegangen war, denn von der magischen Pflegestation wusste sie natürlich nichts.

„Wir versprechen ihnen eine ganze Tüte Bonbons als Belohnung, wenn sie morgen artig sind", sagte ich, die Hand bereits auf der rostigen Türklinke.

Noah schüttelte den Kopf. „Ich wette lieber mit ihnen, dass sie nicht dazu in der Lage sind, einen Tag lang keine Probleme zu machen. Dann wollen sie es sicher unbedingt!"

Doch keiner von uns bekam die Gelegenheit, seinen Plan in die Tat umzusetzen. Kaum hatte ich die Tür geöffnet, da wusste ich, dass etwas nicht stimmte. Auf der Pflegestation war es so kalt, als hätte schon seit einer ganzen

Weile niemand mehr das magische Leuchten benutzt. „*Es werde Licht!*“, flüsterte ich die Zauberformel und lief mit weichen Knien zur Kobold-Abteilung. Dort blieb ich wie angewurzelt stehen, während Noah hinter mir einen Fluch ausstieß.

Kein Zweifel: Irgendwann in den letzten zwei Stunden musste Fiona zurückgekehrt sein. Sie war gekommen, um die Kobolde vor mir zu warnen, und hatte damit Erfolg gehabt.

Unsere letzten magischen Patienten waren verschwunden.

3. KAPITEL

Wildtierstation Prenderville

Haaalt!“ Kathleens Stimme schallte quer über den Pier. Im Morgenlicht schienen ihre Wangen rot zu leuchten, während sie auf Noah und mich zueilte. „Noch nicht abfahren! Ich habe euch Scones für die Reise eingepackt!“

„Reise wohin – zum Mond?“, erkundigte sich Noah, während er die Hände nach dem riesigen Proviantpaket ausstreckte.

Seltsamerweise zögerte Kathleen, es ihm zu überreichen. „Wollt ihr den Besuch nicht doch lieber verschieben?“, fragte sie. „Cormack meinte, es könnte heute ein Unwetter geben. Jedenfalls hatte er beim Aufstehen gar kein gutes Gefühl.“

Noah warf einen Blick zum blauen Himmel, über den nur ein paar harmlose Schäfchenwolken zogen. Bevor er

einen Kommentar abgeben konnte, griff ich schnell nach der Tüte. „Wir werden garantiert alles aufessen. Dann gibt's auch schönes Wetter“, versicherte ich und Kathleen lächelte zufrieden. Unsere Inselbäckerin war zwar nicht so abergläubisch wie die meisten anderen Bewohner von Patch Island, aber Komplimente für ihre Backkünste heiterten sie immer auf.

„Ihr könnt ja auch Brianna ein paar davon abgeben", meinte sie. „Wie schön, dass du sie endlich wiedersiehst, Ruby! Ich dachte, ihr hättet keinen Kontakt mehr."

„Haben sie auch nicht", mischte sich Brenda Graham ein. Sie lud gerade einen Sack voller Briefe und Pakete auf den Pferdewagen, mit dem sie wie jeden Montag die Post zum GRAHAM'S INN bringen würde. Die ganze Woche freute sie sich auf ihre Rolle als Postbeamtin und man sah ihr an, dass sie sich gerade unheimlich wichtig fühlte. „Ruby hat schon seit Wochen keinen Brief mehr von Brianna bekommen!", verkündete sie, die Augen forschend auf mich gerichtet.

Nervös trat ich von einem Fuß auf den anderen. Lügen war absolut nicht meine Stärke – ich fand es schon schlimm genug, dass wir den Inselbewohnern die Sache mit den Fabelwesen verheimlichen mussten. „Wir, äh, chatten aber regelmäßig. Du weißt schon, übers *Internet*", sagte ich. Zum Glück funktionierte diese Ausrede perfekt. Das Internet war für Brenda unvorstellbar mächtig und auch ein wenig unheimlich, sodass sie lieber nicht zu viele Fragen darüber stellte.

Nun kam auch noch der alte Fergus auf den Pier gehumpelt. „Ach, hier seid ihr", sagte er vorwurfsvoll, die dürren Arme vor der Brust verschränkt. „Wie nett, dass sich die Bäckerin und die Postbeamtin in aller Ruhe zum Schwatzen treffen, anstatt ihre Arbeit zu tun! Ich hatte eigentlich geplant, was Leckeres zu frühstücken und dabei ein Kreuzworträtsel in der neuen Zeitung zu lösen, aber da muss ich mir halt was anderes überlegen. Hilf mir mal, Ruby Fairygale – was gibt es denn früh am Morgen sonst noch Angenehmes zu tun? Vielleicht an alten Brotrinden kauen und dabei in der Nase bohren?"

„Also, wir fahren dann jetzt", sagte Noah laut und zog mich an Bord des Postschiffs. „Danke für die Scones."

„Scones, pah!", bellte der alte Fergus. „Wer braucht denn schon so was! Ranzige Pizzareste von letzter Woche und nebenbei Fußnägel schneiden, *das* ist es, wonach mein Herz begehrt!"

Seine heisere Stimme vermischte sich mit dem Tuten des Schiffes, als wir ablegten. Brenda und Kathleen winkten uns hinterher, ohne sich von Fergus aus der Ruhe bringen zu lassen. Ich stand ganz vorne an der Reling und winkte zurück, dann ließ ich meinen Blick stirnrunzelnd über das Wasser gleiten. Auf Fahrten zum Festland war ich sonst immer gut gelaunt, doch nun hatte ich ein mulmiges Gefühl im Bauch. Was für schlimme Gerüchte über mich machten wohl gerade im Ozean die Runde? Würden sich von nun an gar keine Fabelwesen mehr in meine Nähe trauen? Nana sollte schon Ende dieser Woche von ihrer Kur zurückkommen, worauf ich mich natürlich riesig freute – aber wie enttäuscht würde sie sein, wenn sie die magische Pflegestation leer vorfand …

Noah, der sich neben mich an die Reling gelehnt hatte, schien meine Gedanken zu erraten. Er griff in die Provianttüte, holte ein paar Krümel heraus und ließ sie ins Wasser rieseln. „Da habt ihr was zu futtern und jetzt chillt mal ein bisschen", sagte er.

„Dir ist klar, dass Meerjungfrauen keine Goldfische sind, oder?" Ich nahm mir einen Scone und biss hinein. Kathleens Gebäck schmeckte auch ohne Marmelade richtig gut und beruhigte das Ziehen in meinem Bauch ein bisschen.

„Jep, Goldfische sind viel entspannter", meinte Noah schulterzuckend. „Aber wir kriegen das schon hin."

Mit vollen Backen versuchte ich zu lächeln, dann tastete ich nach der Bernsteinkette in meiner Jackentasche. Etwas zu berühren, das meine Eltern mir geschenkt hatten, gab mir neue Kraft – und davon konnte ich auf unserer Mission jede Menge gebrauchen.

Die Wildtierstation Prenderville lag zwar an der Küste, aber ein ganzes Stück weiter nördlich als der letzte Hafen, den das Postschiff ansteuerte. Wir mussten mit drei verschiedenen Bussen fahren und für jemanden von einer Insel ohne Autos war das keine besonders angenehme Erfahrung. Im ersten Bus roch es nach einer Mischung aus Wurstbroten und Käsefüßen, der zweite wurde von einem Fahrer gelenkt, den sogar die Kobolde tollkühn gefunden hätten, und im dritten setzte sich ein streng dreinblickender Herr auf unser Proviantpaket. Anscheinend merkte er es nicht mal, denn er rührte sich für die nächste halbe Stunde keinen Zentimeter vom Fleck.

Als wir unser Ziel endlich erreichten, fühlte ich mich genauso zerknautscht, wie die Scones jetzt aussahen. Trotzdem schlug mein Herz beim Anblick der Parkanlage schneller. Ich rannte die letzten paar Meter bis zum vergitterten Eingangstor, dann blieb ich enttäuscht stehen. *Stationsführungen ausschließlich werktags um 11 Uhr,* stand auf einem Schild.

„Wir sind zu spät!", jammerte ich und schaute durchs Gitter. Die Wege zwischen den Gehegen und Ställen waren leer. Nur ein Mann in grünem Overall stand vor einem Zaun und notierte sich etwas auf einem Klemmbrett.

Noah streckte entschlossen die Hand aus. „Gib mir mal die Kette", sagte er und winkte dem Mann zu. „Hallo, Sie da, arbeiten Sie hier?"

„Um genau zu sein, leite ich diese Station", antwortete der Mann und kam lächelnd näher. Er war etwas rundlich, hatte einen Schnauzbart und ein freundliches Gesicht. „Mr Prenderville persönlich – was kann ich für euch tun?"

„Wir haben diese Kette auf der Straße gefunden und die Abkürzung gegoogelt", antwortete Noah. „Wissen Sie vielleicht, wem sie gehört?"

Ich hielt vor Spannung den Atem an, während Mr Prenderville das Gittertor entriegelte. „Nun, das ist gar nicht so einfach", meinte er und nahm die Kette von Noah entgegen. „Eines von meinen Schätzchen wird sie wohl verloren haben …"

„Eines von Ihren Schätzchen?", wiederholte ich gepresst. Ich hatte nicht wirklich gedacht, dass der Leiter der Station mein Vater war, doch seine Reaktion verunsicherte mich.

Mr Prenderville nickte. „Seid ihr zum ersten Mal hier?", erkundigte er sich. „Wisst ihr was – weil ihr mir die Kette zurückgebracht habt, biete ich euch eine Sonderführung durch die Station an. Aber kommt schnell, es beginnt wahrscheinlich bald zu regnen!“ Mit diesen Worten marschierte er los und uns blieb gar nichts anderes übrig, als ihm hinterherzulaufen. Dabei fühlten sich meine Beine ein bisschen so an, als wären sie aus Gummi, und meine Gedanken drehten sich wie verrückt im Kreis. Konnte dieser Mann uns vielleicht wirklich etwas über meine Herkunft sagen?

„Oh, da ist ja schon das erste Schätzchen“, verkündete Mr Prenderville und deutete nach vorne. Auf einem Betonpfeiler lag eine getigerte Katze mit einer goldgelben Kette um den Hals.

Mir klappte der Mund auf. „Aber … wieso trägt die Katze denn auch Bernstein?“, stammelte ich.

„Wieso nicht?“, entgegnete Mr Prenderville. „Sie kann die Wirkung genauso dringend brauchen wie die Wildtiere hier.“

„Als Hilfe beim Zähnekriegen?“, fragte Noah mit einem seltsamen Unterton in der Stimme – etwa so, wie Kathleen manchmal mit dem alten Fergus sprach, wenn der von seinem verrückten Aberglauben erzählte.

Mr Prenderville zog überrascht die Augenbrauen hoch. „Aber nein! Bernstein ist ein natürlicher Schutz vor Zecken und Flöhen. Solche Halsbänder verwende ich seit vielen Jahren für all meine Schützlinge – die Haustiere und die Pflegetiere."

Diese Neuigkeit musste ich erst mal verarbeiten. Ich schluckte mühsam, während Noah fragte: „Und kommt es oft vor, dass welche verloren gehen?"

„Ach, immer wieder", sagte Mr Prenderville. „Meine Katzen streifen sie sich beim Umherstreunen gerne mal ab. Ich glaube auch, dass Besucher der Station solche Ketten als Andenken mitnehmen. Die hängen sie dann wahrscheinlich ihren eigenen Haustieren um oder sogar ihren Kindern. Dass ihr so ehrliche Finder seid, ist wirklich erfreulich!" Beschwingt ging er weiter und merkte gar nicht, dass wir stehen blieben.

Noah berührte mich flüchtig am Arm. „Ich glaube auch nicht, dass er uns weiterhelfen kann", raunte er mir zu. „Willst du trotzdem noch die Station besichtigen?"

Wortlos zuckte ich mit den Schultern, als könnte ich meine Enttäuschung auf diese Weise abschütteln. Wie es aussah, würde mich mein erster und bisher einziger Anhaltspunkt nicht ans Ziel bringen. Trotzdem konnte ich nicht Nein sagen, wenn es Tiere zu sehen gab. Also folgten wir Mr Prenderville weiter den Weg entlang, der an beiden Seiten von Wiesen und Sträuchern gesäumt war. Dazwischen befanden sich Koppeln und riesige Käfige, in denen es kreischte, piepste und flatterte. Abgesehen davon wirkte der Park sehr friedlich und er war nahezu menschenleer. Nur zweimal begegneten uns junge Männer, die genauso grüne Overalls anhatten wie Mr Prenderville. Beinahe erschrak ich, als ich schließlich noch jemanden entdeckte – einen blonden Jungen in Jeans und T-Shirt, der kein Tierpfleger zu sein schien.

„Bekommt der auch eine Sonderführung?", fragte ich.

Mr Prenderville, der vor einem Käfig gestoppt hatte, sah erstaunt zu mir herüber. „Wer?"

„Na, der dort drü…" Ich stockte, als mir klar wurde, dass mein Finger ins Nichts zeigte. Anscheinend war der Junge hinter einem der Ställe verschwunden. Mr Prenderville hatte meine Frage aber sowieso direkt wieder vergessen. Konzentriert heftete er seinen Blick auf das Pelzknäuel, das sich in einen Winkel des Käfigs drückte.

„So, nun bleibt mal ein bisschen auf Abstand", bat er uns. „Der kleine Kerl hier soll nicht *noch* ängstlicher werden – falls das überhaupt möglich ist."

Erst jetzt erkannte ich, dass das Knäuel ein Otter war. Furchtsam starrte er uns aus seinen Knopfaugen an, während er am ganzen Körper zitterte. Auch er trug ein goldgelbes Kettchen um den Hals. „Ein Spaziergänger hat ihn gestern hergebracht“, erzählte Mr Prenderville, zog eine Banane aus einer Tasche seines Overalls und warf ein Stückchen davon in den Käfig. Der Otter machte keine Anstalten, sich den Leckerbissen zu holen. Seufzend steckte Mr Prenderville die restliche Banane wieder ein und fuhr fort:

„Er hat eine verletzte Pfote und die Erstversorgung war schon die Hölle für ihn. Eigentlich sollte ich seine Wunde jeden Tag kontrollieren, aber es tut mir so leid, den Armen jedes Mal aufs Neue in Todesangst zu versetzen. Wahrscheinlich sollte ich ihm ein Beruhigungsmittel geben, damit er sich ein bisschen entspannt.“

Unwillkürlich presste ich die Lippen zusammen und aus dem Augenwinkel sah ich, dass auch Noah das Gesicht verzog. *Beruhigungsmittel* waren ein heikles Thema für uns, seit Mrs Silverton die Haustiere von Patch Island mit viel zu starken Medikamenten ruhiggestellt hatte. Zu meiner Überraschung fuhr Mr Prenderville aber fort: „Eigentlich bemühe ich mich, unnötige Chemie so gut wie möglich zu vermeiden. Deshalb verwende ich ja diese Halsbänder als Zeckenschutz und Bernstein soll obendrein entspannend wirken. Bei vielen meiner Schützlinge hat das schon wunderbar funktioniert. Mal abwarten, vielleicht überwindet dieser Otter auch schon bald seine Angst!" Lächelnd spähte er wieder durchs Gitter, während Noah und ich einander vielsagend anschauten. Bernstein mochte mit seinem harzigen Duft vielleicht Ungeziefer fernhalten, aber nie im Leben würde sich davon ein Tier beruhigen lassen, das vor Angst beinahe durchdrehte.

Als ich kurz das Kinn in Mr Prendervilles Richtung hob, verstand Noah mich sofort. „Hey, haben Sie es eigentlich auch schon mal mit Heil*kräutern* versucht?", fragte er in lockerem Plauderton und setzte sich in Bewegung. Ganz wie erhofft, kam Mr Prenderville ihm arglos hinterher.

„Noch nicht, aber das ist auch ein faszinierendes Thema."

„Und ob! Lesen Sie unbedingt *Kraft der Kräuter: Gewöhnliche Pflanzen und was sie Außergewöhnliches bewirken können*", sagte Noah und rieb sich den Kopf (vermutlich dort, wo ihn am Tag zuvor das alte Buch getroffen hatte). „Im Ernst, das … äh, Kapitel über Gänseblümchen ist echt der Hammer!"

Was Mr Prenderville antwortete, konnte ich nicht mehr verstehen. Seine Stimme vermischte sich mit den Tierlauten aus den benachbarten Käfigen, als er sich zusammen mit Noah entfernte. Tief durchatmend betrachtete ich den Otter, der sich immer noch nicht vom Fleck gerührt hatte. Wie er da so saß und vor sich hin bibberte, tat er mir schrecklich leid. Zu gern wollte ich ihm erklären, dass alles in Ordnung war – doch dafür musste ich mich erst verwandeln.

4. KAPITEL

Der Dieb

Ich blickte mich nach allen Seiten um. Die Pfleger arbeiteten wohl gerade in einem anderen Teil des Parks und Mr Prenderville war von Noah längst außer Sichtweite gelockt worden. Trotzdem hatte ich vor Nervosität eiskalte Hände, als ich eine Flasche aus meinem Rucksack zog. Noah und ich hatten je einen Liter Meerwasser mitgenommen, nur zur Sicherheit, falls wir einen Gestaltwechsel stoppen mussten. Bis vor wenigen Minuten wäre mir gar nicht in den Sinn gekommen, *absichtlich* eine Verwandlung herbeizuführen. Aber wie konnte ich jetzt einfach weitergehen, wenn ich die Fähigkeit hatte, diesem Otter zu helfen? Doktor Dolittle hätte das garantiert nicht übers Herz gebracht.

Entschlossen füllte ich einen Becher mit Wasser und stellte ihn für die Rückverwandlung auf den Boden. Dann schob ich den Ärmel meiner Jacke hoch. Mit aller Konzentration hielt ich meinen Blick auf den Otter gerichtet, während ich die Flasche über meinem Arm auskippte.

Das Gefühl kannte ich mittlerweile schon: Zuerst war da nur ein leichtes Kribbeln, doch im nächsten Moment zog ein Brennen durch meinen ganzen Körper. Ein bisschen erinnerte es mich an das Glühen im Bauch, wenn man schnell eine Tasse heißen Tee trank – nur, dass ich es eben überall spüren konnte. Gleichzeitig schrumpfte ich so schnell, dass es mir vorkam, als würde ich mit einem Fahrstuhl mehrere Stockwerke abwärtssausen. Meine Sicht schärfte sich, die Gerüche wurden stärker, die Geräusche lauter. Als ich wieder nach unten schaute, waren da keine schlaksigen, sommersprossigen Arme mehr. Stattdessen hatte ich jetzt Pfötchen mit dichtem Fell und Schwimmhäuten zwischen den Zehen.

‚UM HIMMELS WILLEN!', keuchte jemand ganz in meiner Nähe.

Entsetzt fuhr ich herum. Hatte mich ein Pfleger auf frischer Tat ertappt? Würde er anfangen zu schreien, mich packen und in einen Käfig sperren? Ich war schon ganz kurz davor, Hals über Kopf davonzuflitzen – da fiel mein Blick auf zwei Augen, die mich durch die Gitterstäbe anstarrten.

Natürlich! Es hatte in Wirklichkeit niemand laut gesprochen. Tiersprache hörte man einfach im Kopf.

Auch nach dieser Erkenntnis brauchte ich eine Weile, um mich von meinem Schrecken zu erholen. Mein kleines Otterherz raste immer noch und es fühlte sich so an, als stünde mein Körper unter Strom. In diesem Moment begann ich zu ahnen, was es hieß, ein scheues Wildtier zu sein.

‚Hallo', grüßte ich zaghaft, als ich mich einigermaßen gesammelt hatte. ‚Ich bin Ruby und hab mich in einen Otter verwandelt, um mit dir zu reden …'

‚Du bist kein Otter!', quiekte mein Gegenüber und seine Knopfaugen quollen vor Angst hervor. ‚Du bist ja ganz grauselig-gruselig schwarz!'

‚Äh, ja. Das ist bei Tierwandlern immer so', erklärte ich,

doch der Otter war schon zur anderen Seite des Geheges geflüchtet.

‚Nur keine Panik, es ist alles gut!', rief ich und huschte auf meinen kurzen Beinchen am Gitter entlang, um weiter mit ihm sprechen zu können. ‚Mach dir generell weniger Sorgen, okay? Hier bist du nämlich an einem sicheren Ort, die Menschen werden sich gut um dich kümmern, und sobald du gesund bist, lassen sie dich wieder frei.'

Zögernd schnupperte der Otter in meine Richtung. ‚Woher willst du das wissen? Die haben mich festgehalten und an meiner verletzten Pfote rumgefummelt!', jammerte er, klang aber schon etwas weniger verschreckt.

‚Ich habe den Leiter dieser Tierstation kennengelernt. Der ist sehr nett und seine Mitarbeiter sind es garantiert auch. Sie haben deine Wunde nur gut versorgt', erklärte ich ihm.

Der Otter wirkte noch nicht ganz überzeugt. ‚Ach ja? Du denkst, die Zweibeiner hier sind alle in Ordnung?'

‚Ja, bestimmt.'

‚Ist es denn auch nett, seinen Artgenossen die Vorräte zu klauen?'

Verwirrt legte ich den Kopf schief. ‚Wie … meinst du das?'

Flink setzte sich der Otter auf die Hinterbeine und reckte den langen, schlanken Körper. Auf einmal hatte er beinahe etwas Freches an sich. ‚Also, *ich* wäre nicht begeistert, wenn man mir zum Beispiel mein Futter wegschnappt', erklärte er. ‚Aber von Menschen ist vielleicht nichts anderes zu erwarten. Traue niemandem ohne Schwimmhäute, sag ich immer!' Bedeutungsvoll schaute er an mir vorbei und ich folgte seinem Blick. Am anderen Ende des Geheges – dort, wo ich meinen Rucksack und die Flasche gelassen hatte – stand ein Junge. Der blonde Junge, der mir vorhin schon aufgefallen war! Er starrte mich an, als wollte er mich hypnotisieren, dann ging er langsam in die Hocke.

Okay, alles gut, sagte ich mir, um mein Otter-Ich zu beruhigen. Er hat *nicht* gesehen, wie ich mich verwandelt habe. Wahrscheinlich glaubt er, ich wäre aus dem Gehege ausgebüxt. Jetzt wird er mich gleich anlocken, um –

Der Junge packte meinen Rucksack, kam mit einem Satz auf die Füße und rannte los.

‚Da hast du's', sagte der Otter trocken.

Einen Moment lang war ich so durcheinander, dass ich gar nicht reagieren konnte. Ich fühlte mich hin und her gerissen zwischen meiner Scheu vor Menschen und dem Drang, meinen Rucksack zurückzuholen. Der Junge hatte bereits einen ganz schönen Vorsprung gewonnen, als mir klar wurde, dass ich mich erst verwandeln musste. So schnell ich konnte, wuselte ich zu meinem Becher und trat mit einer Vorderpfote hinein.

‚Gute Besserung!', konnte ich dem Otter gerade noch zuquieken, dann schoss ich in die Höhe. Kaum hatte ich meinen menschlichen Körper wieder, da stürmte ich dem Jungen auch schon hinterher. Im Rennen hielt ich Ausschau nach Noah, aber ohne Erfolg. Verflixt! Wenn ich jetzt nach ihm suchte, würde ich meinen Rucksack sicher niemals wiederbekommen. Unschlüssig drehte ich mich einmal um mich selbst, da entdeckte ich den Dieb vor dem Eingangstor. Er ließ den Blick durch die Gegend schweifen, als wartete er auf jemanden. Vielleicht hatte er hier noch einen Komplizen, der gerade einen Tierpfleger beklaute! Dieser Gedanke machte mich so wütend, dass ich jede Vorsicht vergaß.

„Stehen bleiben!", schrie ich, und natürlich tat der Junge das genaue Gegenteil: Er rannte wieder los. Auf mein Mundwerk war in stressigen Situationen definitiv kein Verlass! Ich stürmte zum Ausgang und sah den Dieb gerade noch um die nächste Straßenecke biegen. Ohne zu überlegen, nahm ich die Verfolgung auf. Der Dieb schien nicht viel schneller laufen zu können als ich, denn er verschwand nie lange aus meinem Blickfeld. Allerdings wurde der Abstand zwischen uns auch nicht kleiner. Es war zum Verrücktwerden, meinen Rucksack ständig vor mir zu haben, manchmal fast in greifbarer Nähe, ihn aber trotzdem nie zu erwischen!

Erst nach einer Weile fiel mir auf, in was für einer einsamen Gegend ich mich mittlerweile befand. Nur vereinzelt standen hier Häuser und viele von ihnen wirkten unbewohnt. Abgesehen von dem flüchtenden Jungen war weit und breit niemand zu sehen. Als wäre die Stimmung hier nicht schon unheimlich genug gewesen, ballten sich nun auch noch dunkle Regenwolken über mir zusammen. Ein kühler Wind fauchte durch die leere Straße und ließ mich schaudern. O nein – wie es aussah, sollte Cormack mit seiner Unwetterwarnung recht behalten! Am liebsten hätte ich sofort kehrtgemacht, aber das war jetzt ausgeschlossen. Ohne Hilfe würde ich wohl kaum zur Wildtierstation zurückfinden. Panik flackerte in mir hoch, als ich den Jungen am Ende der Straße aus den Augen verlor. Noch nie

in meinem Leben hatte ich mich alleine an einem fremden Ort zurechtfinden müssen! Sich auf Patch Island zu verirren, war unmöglich, sogar mit verbundenen Augen. Ich freute mich fast, als ich um die Ecke bog und den Jungen endlich wiedersah. Er lehnte an einem schäbigen Haus mit brettervernagelten Fenstern, das eine gute Kulisse für einen Gruselfilm abgegeben hätte. Wahrscheinlich hatte er begriffen, dass ich nicht lockerlassen würde, und wollte mich jetzt einschüchtern. Aber ich hatte definitiv schon mit gefährlicheren Wesen zu tun gehabt. Aus der Nähe sah ich, dass er ungefähr so alt war wie ich und außerdem ziemlich dünn.

„Was fällt dir eigentlich ein?", schleuderte ich ihm atemlos entgegen. „Rück sofort meine Sachen raus!"

Zu meiner Verblüffung wirkte der Junge weder erschrocken noch versuchte er, mir zu drohen. Ohne seine Haltung zu ändern, betrachtete er mich von oben bis unten. Dann sagte er mit gedämpfter Stimme: „Reg dich ab."

„Wie bitte?" Empört stemmte ich die Hände in die Seiten. „Es überrascht dich vielleicht, aber die meisten Leute sind *nicht* erfreut, wenn man ihnen was klaut!"

„Ernsthaft, du solltest dich beruhigen", sagte der Junge und musterte mich eindringlich. Irgendetwas an ihm kam mir seltsam bekannt vor, aber ich begriff erst nach einigen Sekunden, was es war: Seine Augen leuchteten in genau demselben Grünton wie die rundgeschliffenen Flaschenscherben, die manchmal am Strand lagen.

Ich klappte den Mund auf, um weiterzuschimpfen, doch der Junge hob schnell die Hand. „Warte“, sagte er und nun flüsterte er fast. „Nur ganz kurz, okay? Ich kann dir das erklären …“

„Ruby, verdammt!“, hallte es im nächsten Moment durch die leere Gasse. „Sag mal, hast du sie noch alle?“

Ich wirbelte herum und sah Noah, der mit fassungsloser Miene auf uns zugelaufen kam. „Ein Glück, dass ich gerade aus dem Stallfenster geschaut hab, als du davongerannt bist“, keuchte er. „Aber natürlich musste ich erst Mr Prenderville loswerden und dann warst du schon zu weit weg, um mich rufen zu hören. Was zur Hölle soll dieser Blödsinn? Und wer ist dieser Typ?“

Der Junge im grauen T-Shirt war reglos stehen geblieben, doch seine Miene hatte sich verändert. Seine grünen Augen waren jetzt schmal und die Lippen hart aufeinandergepresst. Mit unverhohlener Feindseligkeit schaute er Noah an.

„Darf ich vorstellen?“, fragte ich, um die Lage zu entspannen. Etwas unbeholfen wedelte ich mit einer Hand zwischen den Jungs hin und her. „Das ist Noah, ein Freund von mir. Und das ist – äh …“

„Flynn“, sagte der Junge und es klang, als wäre es ihm gegen seinen Willen herausgerutscht.

„Flynn, der zufällig meinen Rucksack mitgenommen hat, ohne mich zu fragen“, brachte ich meinen Satz zu Ende.

Noah riss die Augen auf. „*Was?* Und nun weigert er sich, ihn zurückzugeben?“

„Blödsinn!“, knurrte Flynn, ließ den Rucksack von seiner Schulter gleiten und warf ihn direkt vor Noahs Füße. „Hier habt ihr das Zeug, also nervt mich nicht länger!“

„Von Dieben lass ich mich nicht herumkommandieren.“ Jetzt nahm auch Noah eine bedrohliche Haltung ein. Meine Güte, die beiden würden doch hoffentlich nicht aufeinander losgehen wie zwei verfeindete Ziegenböcke?

„Okay, regt euch ab!“ Eilig hob ich meinen Rucksack auf und wandte mich dann wieder an Flynn. „Genau das hast du mir ja vorhin auch geraten. Und du hast gesagt, du könntest mir das alles erklären!“

„Nein, ich …“ Mit einer hektischen Bewegung wischte

sich Flynn die fransigen blonden Haare aus der Stirn. Sein Blick flackerte kurz zu Noah, dann stieß er lautstark die Luft aus. „Also, ich brauche einfach ein bisschen Geld, um mir eine Übernachtung in einem Gasthaus leisten zu können. Alles klar? Den Rucksack hab ich nur genommen, damit ich nicht wieder auf der Straße schlafen muss."

Verunsichert kaute ich an meiner Unterlippe herum, während ich nach einer Antwort suchte. Irgendwie hatte ich das Gefühl, dass Flynn nicht die ganze Wahrheit sagte, doch warum sollte er so etwas erfinden? Seine Haare konnten jedenfalls dringend einen neuen Schnitt gebrauchen, die Jeans waren abgewetzt und sein T-Shirt hatte ein großes Loch im Saum. Vielleicht war er wirklich ganz auf sich allein gestellt …

Ein lautes Grollen durchbrach unser Schweigen. Wir zuckten alle drei zusammen, und als ich zum Himmel schaute, landete prompt ein dicker Tropfen auf meiner Nasenspitze. Die Regenwolken waren jetzt so dicht, dass sie die Nachmittagssonne fast vollständig verdeckten. Am Horizont flackerte es und wenige Sekunden später folgte das nächste Donnergrollen. Erschrocken zog ich den Kopf zwischen die Schultern. Ich hätte wissen müssen, dass ein Gewitter nahte –

die Luft schien elektrisch aufgeladen zu sein und es kam mir so vor, als würden meine wirren Locken knistern. Ein Gewitter war eine Naturkraft, die eine Verwandlung bei mir auslösen konnte, aber ich war viel zu sehr mit der Verfolgungsjagd beschäftigt gewesen, um auf das Wetter zu achten.

Noah hatte sich schneller gesammelt als ich. Ohne Vorwarnung streckte er die Hand aus und griff nach Flynns Arm. „Pass auf, wie wäre das: Wir bezahlen dir eine Übernachtung und dafür nimmst du uns zu diesem Gasthaus mit, in dem du schlafen wolltest. Irgendwo müssen wir ja bleiben, bis das Wetter gut genug ist, um übers Meer nach Hause zu fahren. Abgemacht?"

Flynn konnte nicht verbergen, wie wenig er von diesem Vorschlag hielt. Angewidert musterte er Noahs Hand, so als wäre sie eine riesige, haarige Spinne. Beim nächsten Donnern schaute er aber wieder zu mir und ich glaubte zu hören, wie er schluckte. „Wenn's sein muss", sagte er. „Aber ihr versprecht, dass ihr mich dann in Ruhe lasst und keine komischen Fragen stellt!"

Noah machte ein Geräusch wie Schmuggel, wenn man ihn morgens zu früh an seinem Lieblingsplatz störte. „Mann, du könntest auch einfach Danke sagen. Wo ist denn nun dieses Gasthaus? Wir haben keine Lust, nass zu werden."

„Müsst ihr auch nicht." Flynn befreite sich aus Noahs Griff und drehte sich um. Ein Blitz erhellte das gruselige Haus in genau dem Moment, als er sagte: „Wir sind nämlich schon da."

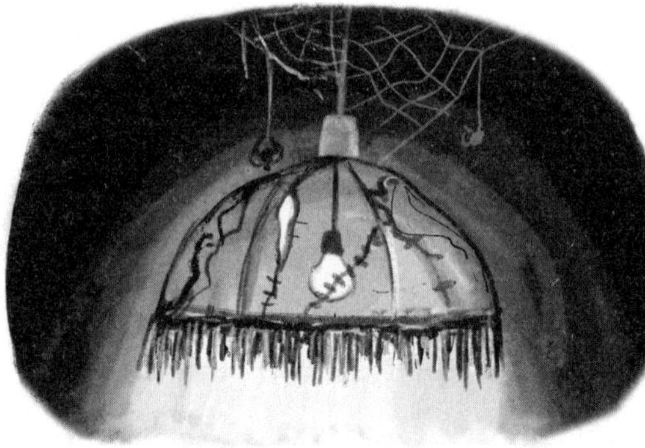

5. KAPITEL

Nacht im Gruselhaus

Die Tür schwang mit einem Knarren auf, als Flynn sich dagegenstemmte. Ohne uns noch eines Blickes zu würdigen, schob er sich hindurch. Noah konnte die zufallende Tür gerade noch mit einer Hand abfangen. Hintereinander betraten wir einen dämmrigen Raum, der so gar nichts mit dem einzigen Hotel von Patch Island – dem hübschen, rosa-weiß eingerichteten GRAHAM'S INN – gemeinsam hatte. Der Boden war schmutzig und zerkratzt. Manche Furchen im Holz sahen fast so aus, als stammten sie von den Fingernägeln eines Riesen. Direkt neben der Eingangstür hing ein zerbrochener Spiegel und auch gegen die Deckenlampe musste irgendetwas Hartes gestoßen sein. Aus dem verbeulten Lampenschirm fiel gelbliches Licht auf einen klobigen Tisch mitten im Raum, der wohl als Empfangstresen diente. Dahinter standen ein dürrer, graubärtiger Mann und eine Frau, die mich mit ihrem Haarknoten ein kleines bisschen an Kathleen erinnerte. Allerdings hatte sie keine Lachfältchen wie unsere Inselbäckerin, sondern wirkte etwas verbittert. Aus großen Augen starrte sie uns entgegen, während Flynn auf sie und den Mann einredete. So leise, dass ich kein Wort verstand. Ich sah nur, wie der bärtige Mann mehrmals den Kopf schüttelte, bis er schließlich kurz und mit sehr finsterer Miene nickte. Als wir uns dem Tisch näherten, wandte er sich ruckartig um und marschierte hinaus.

Auch Flynn hatte es plötzlich eilig. „Also dann, ich geh schon mal auf mein Zimmer“, erklärte er, ohne uns direkt anzusehen. „Danke und noch mal sorry wegen der Sache mit dem Rucksack.“ Er verschwand durch eine Seitentür und Noah schaute ihm kopfschüttelnd nach.

„*Noch mal?* Vielleicht hab ich Gedächtnisschwund,

aber ich kann mich an keine Entschuldigung erinnern", spottete er im Flüsterton.

Die Frau hatte inzwischen ein angestrengt wirkendes Lächeln aufgesetzt. „Herzlich willkommen hier bei uns. Ich … ich meine, willkommen im … Sunflower Hotel. Mein Name ist Orla. Wie ich höre, braucht ihr beide ein Zimmer. Könntet ihr einen kleinen Augenblick warten, während ich alles vorbereite?"

Wir nickten und die Frau huschte aus dem Raum. Der ‚kleine Augenblick', von dem sie gesprochen hatte, dauerte allerdings ganz schön lange. Wir hörten es über uns rumoren, kurz ertönte aufgeregtes Stimmengewirr, dann knallten ein paar Türen. Noah begann, wie ein eingesperrtes Raubtier auf und ab zu laufen. „So ein Mist, dass Cormack uns nicht holen kann", raunte er. „Gegen das hier ist die Banshee-Abteilung doch 'ne Kuschelecke!"

„Bei diesem Wetter geht das echt nicht", entgegnete ich mit Blick zu einem der Fenster. Regen peitschte gegen die Scheibe und das Donnergrollen wurde immer lauter. „Außerdem kommen wir nie im Leben bis zum Hafen, ohne dass ich mich unabsichtlich verwandle! Nein, wir schreiben ihm, dass wir bei Brianna übernachten und erst morgen heimfahren wollen."

„Was, wenn es hier spukt?“, fragte Noah und es klang nur halb so lässig wie sonst.

„Tut es bestimmt nicht. In all den Jahren als Fabelwesen-Pflegerin ist mir noch nie ein Gespenst begegnet, Ehrenwort. Mittlerweile glaube ich, dass es gar keine Gespenster gibt. Nur Ghule und Todesfeen und Irrlichter – oh, und den kopflosen Reiter natürlich.“

„Wie ungemein beruhigend“, sagte Noah mit einer Grimasse.

Im nächsten Moment kehrte Orla endlich zurück. „Wenn ihr mir bitte folgen würdet“, sagte sie etwas steif.

Über knarzende Stufen gingen wir in den dritten Stock hinauf und ich fragte mich, warum wir ausgerechnet im Dachgeschoss wohnen sollten. Waren etwa alle anderen Zimmer schon belegt? Eigentlich konnte ich mir kaum vorstellen, dass irgendjemand hier freiwillig übernachtete, doch vor einigen Türen gab es tatsächlich Hinweise auf Bewohner: ein Paar Schuhe zum Beispiel oder einen vollen Müllbeutel. Trotzdem war es jetzt im ganzen Haus unheimlich still.

„So, da wären wir. Einen schönen Aufenthalt“, sagte Orla, als wir unser Zimmer erreicht hatten. Sofort machte sie kehrt und begann, die Treppen wieder hinunterzulaufen. Vielleicht schämte sie sich für das Zimmer, das sehr altmodisch und ziemlich verstaubt war. Genau genommen sah es so aus, als hätte hier seit Jahren niemand mehr übernachtet. Von den Deckenbalken hingen Spinnweben und im Spiegel der antiken Frisierkommode konnte man sich kaum erkennen. Das einzig Frische war vermutlich die weiße Bettwäsche auf den beiden Einzelbetten.

„O Mann", stöhnte Noah, der einen Blick ins angrenzende Badezimmer geworfen hatte. „Die Badewanne hat *Füße.* Metallfüße mit Zehen und Krallen!"

„Und es sieht aus, als würde sie ab und zu lebendig werden." Ich deutete auf die staubigen Dielenbretter. Auch hier klafften tiefe Kratzer im Holz, jeweils mehrere dicht nebeneinander.

Noah lachte kurz, aber es klang ein wenig gezwungen. Den ganzen restlichen Nachmittag versuchten wir beide, so zu tun, als fänden wir das Hotel eher komisch als gruselig. Wir aßen die zerquetschten Scones und vertrieben uns die Zeit mit einem Stapel fleckiger Karten, den wir in der Frisierkommode gefunden hatten. Erst brachte Noah mir ein Spiel bei, dann zeigte ich ihm, wie man mit den Karten ein Horoskop legen konnte. Nana hatte das von ihrer Mam gelernt, die wohl noch abergläubischer gewesen war als der alte Fergus. Nachdem die Karten allerdings zum dritten Mal in Folge *tödliche Gefahr* vorhergesagt hatten, machte es keinen Spaß mehr und wir hörten damit auf.

Als ich später in dem mit Schnitzereien verzierten Bett lag, fand ich lange keine Ruhe. Noah bewegte sich nicht, aber ich war mir sicher, dass er ebenfalls noch wach war. Der Sturm rüttelte an den Fenstern und ständig knarrte oder knackte es irgendwo. Um mich abzulenken, dachte ich angestrengt an Bauer Orins Schafe und versuchte, jedes von ihnen zu zählen. Endlich glitt ich in den Schlaf – und wurde von einem Jaulen geweckt.

Erschrocken fuhr ich hoch, in genau demselben Augenblick, als Noah sich in seinem Bett aufsetzte. Obwohl er nur einen Meter von mir entfernt war, konnte ich seine Umrisse nur mit Mühe erkennen.

„Hab ich das geträumt oder –“, setzte er an, da ertönten schon wieder diese schrecklichen Klagelaute. Ein Schauer durchfuhr mich und meine Arme überzogen sich mit Gänsehaut. Ich hatte schon so oft die Stimmen kranker oder verletzter Tiere gehört, aber selten hatten Nanas Patienten dermaßen verzweifelt geklungen.

Ohne zu überlegen, sprang ich aus dem Bett und rannte zur Tür. Als ich sie aufriss, drang aus einem der unteren

Stockwerke Gepolter und menschliches Stimmengewirr. Ich konnte nur ein paar Wortfetzen verstehen, aber die reichten aus, um mein Entsetzen noch zu steigern: *„Haltet ihn … festbinden … nicht entwischen lassen!“* Dann wurde es plötzlich still. Ich stolperte ein paar Schritte durch den dunklen Flur und wartete darauf, dass wieder ein Jaulen erklang, aber vergeblich.

Noah kam hinter mir her, sein leuchtendes Smartphone in der Hand. „Vergiss es“, flüsterte er. „Du kannst doch nicht in jedem einzelnen Zimmer nachschauen, schon gar nicht mitten in der Nacht!“

„Aber …“ Verzweifelt drehte ich den Kopf und horchte erneut, doch ich musste Noah recht geben: Hier gab es zu viele Türen, zu viele Möglichkeiten, einen Vierbeiner zu verstecken. Wohl oder übel kehrte ich ins Bett zurück, während mein Herz immer noch gegen meine Rippen hämmerte. Auf keinen Fall durfte ich in dieser schlechten Stimmung einschlafen! So war die Gefahr viel zu groß, dass ich einen Albtraum hatte und mich gegen meinen Willen verwandelte. Was, wenn ich dann in Tiergestalt aus dem Zimmer lief? Wenn ich von einem der Menschen erwischt wurde, die vorhin so wild durcheinandergeschrien hatten …? Ich traute mich nicht, diesen Gedanken zu beenden. Mit weit aufgerissenen Augen starrte ich zur Zimmerdecke und kämpfte gegen die Müdigkeit an, bis mich ein Scharren zusammenzucken ließ. Noah stemmte sich gegen sein Bett, um es näher an meines zu rücken. Dann legte er sich hin und streckte wortlos den Arm in meine Richtung.

Ohne zu zögern, griff ich nach seiner Hand. Sie fühlte sich warm und fest an und ich spürte, wie meine Angst langsam abflaute.

„Wenn du dich verwandelst, krieg ich das mit", hörte ich Noahs Stimme in der Dunkelheit. „Und gleich morgen früh machen wir, dass wir von hier wegkommen."

Doch ich wusste genauso gut wie er, dass wir das nicht tun würden. Irgendwo mitten in diesem Gruselhaus gab es ein panisches, eingesperrtes Tier und wir mussten es unbedingt befreien.

6. KAPITEL

Ein Streit mit unerwarteten Folgen

Am nächsten Morgen wurde ich von Wasserrauschen geweckt. Zuerst hielt ich es für strömenden Regen, doch dann begriff ich, dass es die Dusche war. Das Wetter hatte sich über Nacht beruhigt.

Als Noah aus dem Badezimmer kam, trug er wieder seine schwarzen Jeans und den Kapuzenpullover, aber seine Haare waren noch nass vom Duschen. „Es gibt genau zwei Einstellungen am Wasserhahn“, sagte er, während er sie mit einem Handtuch abrubbelte. *„Brandwunden* und

Frostbeulen." Dann ließ er das Handtuch sinken und schaute mich mit schief gelegtem Kopf an. „Na, bereit zum Spionieren?"

Von einer Sekunde auf die andere war ich hellwach. „Und ob!" Ich sprang aus dem Bett und flitzte ins Badezimmer. Noah hatte recht: Die Dusche war gemeingefährlich, aber ich blieb sowieso nur zwei Minuten darunter. Im Rekordtempo hatte ich mich gewaschen und angezogen und scheuchte Noah auf den Flur hinaus. Vielleicht konnten wir ja etwas herausfinden, während die anderen Bewohner noch schliefen? Doch als wir die Treppe hinunterschlichen, wurde mir klar, dass wir dafür früher hätten aufstehen müssen.

„Gibt's was Neues auf Nummer zwölf?", ertönte eine Stimme ganz in unserer Nähe. Ich erkannte gleich, dass sie Flynn gehörte. Noah und ich stoppten auf der letzten Stufe und spähten mit angehaltenem Atem um die Ecke. Im Flur standen Flynn, Orla und der Mann mit dem grauen Bart, der uns nach unserer Ankunft so böse angeschaut hatte. Auch jetzt waren seine buschigen Brauen eng zusammengeschoben, aber er machte eine beschwichtigende Geste mit der Hand.

„Es ist noch mal gut ausgegangen", sagte er. „In Zukunft

müssen wir einfach darauf achten, dass er ordentlich festgebunden ist, genau wie die anderen."

Flynn schüttelte den Kopf. „Vielleicht wäre es besser, wenn er zur Abwechslung nach draußen dürfte."

„Kommt gar nicht infrage!", widersprach der Bärtige scharf. „Gerade du solltest wissen, was Freiheit anrichten kann, Flynn. Wir mussten schon zu viele Verluste in Kauf nehmen!"

„Aber …", begann Flynn, doch Orla tätschelte ihm mütterlich die Schulter.

„Lass uns später darüber sprechen, mein Junge", sagte sie. „Jetzt haben wir andere Probleme."

Im nächsten Augenblick drehte der bärtige Mann den Kopf und entdeckte uns. Er zischte etwas, das nur eine Warnung sein konnte, dann drängte er Flynn zu einer Tür am Ende des Flurs. Nur Orla blieb zurück und schaute uns angespannt entgegen.

Noah formte den Mund zu einem breiten, unschuldigen Grinsen. „Hey, guten Morgen. Wir sind gerade auf der Suche nach dem Frühstücksraum. Es gibt hier doch einen, oder?"

„Natürlich", sagte Orla und strich mehrmals ihre Schürze glatt. „So wie – wie in fast jedem Hotel, nicht wahr? Er ist gleich dort drüben.“ Sie deutete auf die Tür, hinter der Flynn und der Bärtige verschwunden waren.

Noah reckte einen Daumen hoch. „Super. Mir ist nur eben eingefallen, dass ich das Fenster nicht zugemacht habe. Bin gleich wieder da.“ Er wartete, bis Orla sich zum Frühstücksraum gewandt hatte, dann beugte er sich nahe zu mir. „Zimmer Nummer zwölf, richtig?“, flüsterte er. „Wenn du sie ein bisschen ablenkst, schaue ich schnell dort vorbei.“

Ich nickte unauffällig. Mit möglichst lockeren Schritten ging ich auf den Frühstücksraum zu, während Noah die Treppe hinauflief. Als ich neben Orla angelangt war, schenkte sie mir ein nervöses Lächeln. „Ich hoffe, ihr habt ganz ungestört geschlafen?“, fragte sie und ich hatte den Eindruck, dass sie mich dabei forschend von der Seite ansah.

„O ja, wir haben geschlafen wie Steine“, antwortete ich hastig. „Oder wie Babys. Wie Steinbabys, könnte man sagen.“ Ich biss mir auf die Unterlippe, um mein Geplapper zu beenden, doch Orla schien keinen Verdacht geschöpft zu haben. Sie atmete merklich auf.

„Ach, das freut mich. Dann hoffe ich, dass dir jetzt mein

Spezialfrühstück schmeckt." Sie öffnete die Tür und ich schaute verblüfft in den Raum dahinter. Mindestens zwanzig Männer, Frauen und Kinder saßen dicht gedrängt auf langen Bänken, mit Schüsseln voll Haferbrei vor sich auf dem Tisch. Bei unserem Eintreten hörten die meisten zu essen auf und es wurde schlagartig ruhiger. Die Menschen beäugten mich halb neugierig, halb argwöhnisch – ein bisschen so, als wäre ich die Neue in einer Schulklasse. Schnell setzte ich mich auf einen freien Platz ganz am Ende einer Bank. Nur wenige Augenblicke später stellte Orla zwei Portionen duftenden Haferbrei vor mir ab. Der Brei war mit viel braunem Zucker bestreut und normalerweise hätte ich mich hungrig darüber hergemacht, doch jetzt konnte ich nur ein paar Löffel essen. Mein Magen fühlte sich an wie zugeschnürt.

Gerade du solltest wissen, was Freiheit anrichten kann, hörte ich immer noch die Worte des bärtigen Mannes in meinem Gedächtnis. Was sollte das denn bedeuten? Lebten hier etwa wilde Tiere, die niemals nach draußen durften? Eines stand jedenfalls fest: Flynn war kein normaler Gast in diesem Hotel. Er hatte uns eindeutig belogen. Mit wachsendem Unbehagen hielt ich nach ihm Ausschau und fand ihn ein Stück entfernt, wo er neben dem Bärtigen saß. Auch er schien keinen Appetit zu haben, denn er rührte nur mit gesenktem Blick in seiner Schüssel herum. Sein Kopf flog hoch, als Orla wieder den Raum betrat und zweimal in die Hände klatschte.

„Ihr Lieben … also, liebe Gäste“, begann sie stockend. „Ich kann leider keinen Kaffee mehr kochen, der Ofen ist gleich aus. Wäre jemand von euch so nett, mir Holz aus dem Hof zu bringen? Am besten gleich zu zweit, dann geht es schneller.“

Flynn sprang auf, zuckte dann aber betont lässig mit den Schultern. „Wenn's sein muss, kann ich das machen“, sagte er. „Ruby, kommst du mit?“

Verdattert legte ich meinen Löffel weg. „Äh, klar. Ich helf dir.“

Orla nickte zufrieden, so, als hätte sie auf genau diese Reaktion gewartet. „Wunderbar. Die Körbe stehen an der Hintertür.“

Immer noch etwas verwirrt folgte ich Flynn aus dem Frühstücksraum und ins Erdgeschoss hinunter. Hatte ich mir das Getuschel der anderen bloß eingebildet, während ich hinausgegangen war? Dieses Gruselhaus brachte mich schon ganz durcheinander! Und wo blieb eigentlich Noah?

Ich nahm einen der Weidenkörbe entgegen, die Flynn

aufgehoben hatte, und trat mit ihm ins Freie. Heute schien wieder die Sonne, aber der kleine Hof lag fast vollständig im Schatten. Entlang einer Ziegelmauer war meterweise Brennholz aufgestapelt, zum Schutz vor Regen mit einer grünen Plane abgedeckt. Flynn begann, Scheite in seinen Korb zu legen, wurde aber mit jedem Stück langsamer. Immer wieder spähte er zwischen ein paar blonden Haarsträhnen zu mir herüber. Er trug einen ausgebeulten grünen Wollpullover, der die Farben seiner Augen noch betonte. Fast kam es mir vor, als würde er mich mit seinem Blick durchleuchten wie ein Röntgengerät.

„Ist was?“, fragte ich und fuhr mir sicherheitshalber mit dem Ärmel über die Nase, um Dreck, Spinnweben oder sonst irgendetwas Unpassendes zu beseitigen.

Flynn räusperte sich. „Dieser Typ, mit dem du hier bist …“, sagte er so langsam, als tastete er sich von einem Wort zum nächsten. „Was willst du eigentlich mit dem? Der … ist doch ganz anders als du.“

Über diesen Kommentar musste ich erst einen Moment nachdenken. „Meinst du, weil er Amerikaner ist?“, fragte ich stirnrunzelnd.

„Na ja, zum Beispiel.“ Unschlüssig drehte Flynn ein

Holzscheit zwischen den Händen. Dann holte er tief Luft, doch ehe er weiterreden konnte, flog die Tür auf.

Mit langen Schritten durchquerte Noah den Hof. „O Mann, Ruby, was treibst du denn?“, rief er. „Die Leute wollten mir nicht verraten, wo du steckst! Zum Glück hat eines der Kinder geplappert …“ Wie angewurzelt hielt er inne und es sah aus, als hätte er Flynn erst jetzt neben dem Holzstapel entdeckt. Seine Augen verengten sich zu Schlitzen. „Du schon wieder. Hast du Ruby extra hierhergelockt?“

„Wir holen einfach nur Holz, du Nervensäge“, ätzte Flynn, aber er wirkte irgendwie ertappt.

„Ja, sicher“, sagte Noah. „Ihr holt einfach nur Holz, so wie das hier einfach nur ein *ganz normales* Hotel ist. Hältst du mich für bescheuert?“

„Willst du eine höfliche Antwort oder eine ehrliche?“

Ich verdrehte die Augen. Das Ziegenbockverhalten ging wieder los! Wenn ich jetzt nichts unternahm, würden die beiden noch mit den Köpfen gegeneinanderrennen. „Hey, Noah!“, rief ich und wedelte mit einem Holzscheit. „Es ist wirklich alles okay!“

„Gar nichts ist hier okay“, widersprach Noah. „Hinter Tür Nummer zwölf konnte ich zwar nichts hören, aber …“

Polternd landete einer der Körbe auf dem Boden. „Tür Nummer zwölf?“, wiederholte Flynn. „Was hattest du da zu suchen? Spionierst du uns etwa nach?!“

„Ich dachte, du bist hier nur zu Gast“, entgegnete Noah mit gespieltem Erstaunen.

Flynn verschränkte die Arme vor der Brust. „Jedenfalls weiß ich, dass man hier niemanden gebrauchen kann, der seine Nase in fremde Angelegenheiten steckt. Wird vielleicht Zeit, dass du wieder abreist.“

„Und du bildest dir ein, du könntest uns rauswerfen?“

„Nicht *euch*. Ruby darf gerne bleiben“, sagte Flynn, „aber *du* verschwindest.“

Langsam trat Noah einen Schritt näher, einen drohenden Ausdruck im Gesicht. Er war ein paar Zentimeter kleiner als Flynn, aber dafür kräftiger. Unbehaglich schaute ich zwischen den beiden Jungs hin und her.

„Von wegen“, sagte Noah, „Ruby bleibt keine Sekunde allein in diesem verfallenen Hotel. – Wenn es denn überhaupt ein Hotel ist! Ich wette, wenn ich auf dem Handy nachschaue, werde ich in dieser Gegend nichts mit dem Namen *Sunflower* finden.“

Jetzt hatte ich endgültig genug davon, dass die beiden redeten, als wäre ich gar nicht da. „So ein Unsinn“, protestierte ich. „Orla hat doch den Namen klar und deutlich …“ Ich stockte, als Noah an mir hinunterschaute. Automatisch lenkte ich den Blick ebenfalls abwärts. Ich trug dasselbe wie am Vortag: Jeans und einen Pullover mit einer großen gelben Blume auf der Brust.

Mein Atem stockte, als ich endlich begriff. *Sunflower* wie *Sonnenblume.* Orla hatte einfach die erstbeste Lüge erzählt, die ihr bei meinem Anblick eingefallen war.

Mit klopfendem Herzen schaute ich zu Flynn, der so aussah, als würde er gleich die Beherrschung verlieren. Seine Hände schlossen sich zu Fäusten und öffneten sich wieder und sein Blick wirkte gehetzt. „Ich kann das erklären“, sagte er, genau wie gestern, als ich ihn mit dem gestohlenen Rucksack erwischt hatte.

„Nicht nötig“, entgegnete Noah schroff. „Wir brauchen keine Erklärungen von einem Lügner. Auch nicht von einem Dieb und schon gar nicht von einem Tierquäler!“

„Ich bin kein Tierquäler, du …. du …“ Ein Ruck ging durch Flynns Körper und ich wusste nicht, ob er sich auf Noah stürzen oder die Flucht ergreifen wollte. Instinktiv stolperte ich nach hinten, bis ich mit dem Ellenbogen gegen den Holzstapel stieß. Nur für einen winzigen Moment blickte ich nach unten, um zu sehen, ob ich mich verletzt hatte. Als ich den Kopf wieder hob, standen keine zwei Jungen mehr vor mir. Da war nur noch Noah – und ein Fuchs.

Ein Fuchs mit schwarzem Fell, der mich aus flaschengrünen Augen anstarrte.

7. KAPITEL

Das verborgene Rudel

Ach du Schande!", stöhnte Noah. „Also, *das* erklärt einiges."

Seine Stimme drang nur wie von fern zu mir und ich schaffte es nicht, ihm zu antworten. Langsam kniete ich mich vor dem Fuchs auf den Boden. Er war kein Welpe mehr, aber auch noch nicht ganz ausgewachsen.

„Flynn?", fragte ich vorsichtig. „Kannst du mich verstehen?"

Der Fuchs zuckte nervös mit den Ohren. Würde er jetzt gleich zu toben beginnen, so wie ich, wenn ich mich aus Wut verwandelte? Bei mir waren die Tier-Instinkte dann so stark, dass ich komplett die Kontrolle verlor. So hatte ich schon einmal in Hundegestalt Nanas Hof verwüstet, ohne mich später daran zu erinnern …

Doch Flynn – der vierbeinige, spitzohrige Flynn – drehte nicht durch. Stattdessen setzte er sich einfach auf den Boden und schloss die Augen. Wenige Sekunden später begann sein Fuchskörper, die Form zu ändern. Seine Glieder streckten sich, Fell und Spitzohren verschwanden, die Schnauze wurde zu einer sommersprossigen Nase. Schon saß Flynn wieder in Menschengestalt vor mir und schaute mich zerknirscht an.

„Ähm … so war das definitiv nicht geplant", murmelte er.

Noah ließ sich neben uns auf den Boden plumpsen, doch Flynn würdigte ihn keines Blickes. Er hob nur kurz das Kinn in seine Richtung und fragte mich dann: „Der Mensch weiß schon länger über Tierwandler Bescheid, oder? Sonst hätte er sicher anders reagiert."

Wortlos nickte ich, während mir erst richtig klar wurde, dass ich einen anderen Pooka vor mir hatte. Jemanden, der mein größtes Geheimnis kannte. Der genau so war wie ich! Ein Kribbeln stieg in mir hoch und ich holte tief Luft, um mich vor lauter Aufregung nicht ebenfalls zu verwandeln.

„Okay", sagte Flynn. „Nur seinetwegen wollte ich bisher nicht offen mit dir reden. Wir im Rudel haben nämlich geschworen, niemals gewöhnliche Menschen einzuweihen. Darum hab ich auch deinen Rucksack geklaut und dich hierhergelockt, aber der Kerl lässt sich ja nicht abschütteln."

Noah räusperte sich laut, aber ich kam ihm zuvor. „Im Rudel?", wiederholte ich und meine Stimme zitterte ein bisschen. „Soll das heißen, die Leute da drin sind alle Pookas?"

„Jetzt schon, ja. Der kleine Brady hat letzte Nacht zum ersten Mal die Gestalt gewechselt. Ausgerechnet, während er einen Albtraum über Wölfe hatte! Mit seinen Krallen und Reißzähnen hat er ein ganz schönes Chaos angerichtet, bis wir ihn beruhigen konnten."

Das nächtliche Jaulen, die Hilferufe – das war also ein kleiner Junge bei einer unabsichtlichen Verwandlung gewesen! Kein Wunder, dass er sich erschrocken hatte. Auch wenn er bereits von seinen Kräften wusste, ganz im Gegensatz zu mir bei meinen ersten Verwandlungen.

„Ihr wohnt also alle zusammen in diesem Hotel?“, brachte ich mühsam hervor.

Flynn nickte, dann räumte er ein: „Streng genommen ist es wirklich kein Hotel. Vielleicht war es vor langer Zeit mal eines, aber es steht schon seit Ewigkeiten leer und niemand interessiert sich dafür. Das macht es für uns zum idealen Versteck. Hier können wir uns in aller Ruhe verwandeln, ohne von gewöhnlichen Menschen beobachtet zu werden.“

Ungläubig drehte ich den Kopf und schaute zu dem alten Haus hinüber. Im Morgenlicht wirkte es besonders heruntergekommen, doch in meinen Augen hatte es plötzlich einen magischen Glanz. „Wahnsinn“, hauchte ich. „Ein ganzes Haus voller Pookas! Und du hast gesehen, wie ich mich in einen Otter verwandelt habe?“

Als ich den Blick wieder auf Flynn richtete, schenkte er mir zum allerersten Mal ein kleines Lächeln. „Ganz genau“, sagte er, „und das wäre eigentlich auch mein Plan gewesen. Ich kümmere mich regelmäßig um die Wildtiere dort. Auf Bernstein ist eben nicht immer Verlass.“

Wie von selbst erwiderten meine Lippen sein Lächeln. Der erste Schreck war verflogen, jetzt stieg allmählich Freude in mir hoch. Ich war losgezogen, um mehr über meine besonderen Fähigkeiten zu lernen, und der Zufall hatte mich an den perfekten Ort gebracht! Davon, einem ganzen *Rudel* Pookas zu begegnen, hätte ich nicht einmal zu träumen gewagt. Vielleicht waren darunter sogar meine Eltern? Der Gedanke ließ mein Herz flattern, aber ich versuchte, mir noch keine allzu großen Hoffnungen zu machen. Eines nach dem anderen, beschloss ich. Trotzdem rutschte die nächste Frage viel zu schnell aus mir heraus: „Wie hast du es eigentlich geschafft, dich zurückzuverwandeln? Ich kann das gar nicht kontrollieren, jedenfalls nicht ohne Meerwasser …"

Wieder zuckten Flynns Mundwinkel nach oben. „Das gute alte Meerwasser. Wir aus dem Rudel haben fast immer welches dabei, um uns gegenseitig helfen zu können." Er hob den Saum seines Wollpullovers und ich sah, dass ein Sprühfläschchen an seinem Gürtel hing. „Aber mit ein bisschen Übung schaffst du es ganz sicher auch ohne Hilfsmittel."

„Wie?", hakte ich aufgeregt nach. „Wie übe ich so was?"

Flynn zögerte kurz. Sein Blick flackerte zu Noah, der

unserem Gespräch ungewöhnlich schweigsam gelauscht hatte, dann sprang er auf. „Das geht zwar komplett gegen unseren Eid der Geheimhaltung“, meinte er, „aber schlimmer als ein Gestaltwechsel vor einem gewöhnlichen Menschen kann es sowieso nicht mehr werden. Kommt mit, ich zeige euch unseren Trainingsraum!“

Ohne sich um die beiden Körbe voll Holz zu kümmern, lief er zurück ins Haus und ich folgte ihm verwirrt. Beim Wort „Trainingsraum“ dachte ich an eine Halle mit Sprossenwänden, Seilen und Turnmatten, in der es nach verschwitzten Socken stank. Nicht, dass ich je in einer solchen Halle gewesen wäre – auf Patch Island hatte der Sportunterricht darin bestanden, dass meine sechs Mitschüler und ich unserem Lehrer bei der Gartenarbeit halfen, entwischten Schafen hinterherrannten oder Zutaten von Cormacks Kutter zu Kathleens Bäckerei schleppten. Sporthallen kannte ich nur aus Büchern, aber ich hatte genügend Schulgeschichten gelesen, um mir alles genau vorstellen zu können.

„Die meisten sind bestimmt mit dem Frühstück fertig“, sagte Flynn, als er vor einer Tür im Erdgeschoss haltmachte. Als er sie behutsam öffnete, nahm ich Stimmen wahr … und einen Duft, der mich sofort an zu Hause erinnerte. Es roch genau wie auf unserer Tierpflegestation: nach Kraftfutter, frischen Sägespänen und Heu.

Leise schoben wir uns durch die Tür, blieben aber gleich wieder stehen. Meine Augen mussten sich erst an das Dämmerlicht gewöhnen, das in diesem Raum herrschte. Schwere, bodenlange Vorhänge verdeckten die Fenster, nur ein paar goldene Strahlen fielen herein und beleuchteten unzählige Fotos an den anderen Wänden. Es waren Bilder von Tieren, aber keine so kitschigen, wie Mrs Silverton sie vor zweieinhalb Wochen in Nanas Praxis aufgehängt hatte. Anstelle von glupschäugigen Welpen und Kätzchen, die steif auf samtenen Kissen hockten, sah man hier Tiere beim Herumtoben oder auf der Jagd. Jedes konnte man von allen Seiten bewundern, seinen Körperbau und seine Bewegungen studieren. Bestimmt hätte ich mich an diesen Aufnahmen kaum sattsehen können – wären da nicht die echten Tiere gewesen. Wobei ihre Farbe natürlich verriet, dass sie in Wirklichkeit Pookas waren: Da gab es zwei Eichhörnchen, die in einer Gitterbox herumkletterten, schwarze Hunde, Katzen und Meerschweinchen und sogar ein glänzendes schwarzes Pony. Zwischen den Tieren standen auch Pookas in menschlicher Gestalt, doch zum Glück schienen sie uns nicht zu bemerken. Sie plauderten leise miteinander, beobachteten die Tiere oder taten das, was Flynn wohl mit Üben gemeint hatte: Einige Meter entfernt zwängte sich soeben ein älterer Mann in einen Käfig, der kaum groß genug für ihn war. Sekunden später saß er als Kaninchen im Heu und begann seelenruhig zu fressen. Nachdem er ein paar Halme gemümmelt hatte, kehrte er in seine menschliche Gestalt zurück, stieg aus dem Käfig, klopfte sich die Hose sauber und schlenderte weiter.

Mit aufgerissenen Augen wandte ich mich an Flynn. „Wie hat er das gemacht?“, wisperte ich. „Braucht man kein echtes, lebendiges Tier als Vorbild, um sich zu verwandeln?“ Erst während ich das fragte, wurde mir bewusst, dass Flynn ja auch keinen Fuchs in seiner Nähe gehabt hatte.

„Das vereinfacht die Sache“, antwortete er ebenso leise. „Darum haben wir ja die vielen Fotos aufgehängt. Aber vor allem ist es wichtig, sich in das Tier hineinzuversetzen. Man muss daran denken, wie es aussieht, sich bewegt und fühlt. Zur Rückverwandlung erinnert man sich dann möglichst genau daran, wie es ist, ein Mensch zu sein. Ich sage mir zur Unterstützung auch gerne das große Einmaleins auf. Mit tierischem Denken hat das so wenig zu tun, dass es meistens funktioniert.“

Ich verzichtete darauf, Flynn zu erzählen, dass wahrscheinlich jede Sumpfschnecke das große Einmaleins besser konnte als ich. Mir würde schon irgendetwas anderes einfallen, um in meinen Menschenkörper zurückzufinden! Kurz entschlossen richtete ich die Augen auf ein Foto in meiner Nähe, das einen Hirsch zeigte. So ein prächtiges Geweih würde ich natürlich nicht bekommen, doch der Rest würde mir vielleicht gelingen. Mit angehaltenem Atem betrachtete ich den schlanken Körper, die stolze Kopfhaltung und das dichte braune Fell. Trotzdem passierte erst mal gar nichts, sosehr ich mich auch konzentrierte. Ich wollte schon fast aufgeben, da fiel mir ein, was Flynn gesagt hatte: ‚Man muss daran denken, wie es aussieht, sich bewegt … und *fühlt.*‘

Also malte ich mir aus, auf einer Lichtung zu grasen. Ich dachte an die frische, würzige Waldluft und das Kitzeln von hohem Gras. Langsam wurde mir wärmer, bis mein Körper ganz von dem typischen Brennen erfüllt war. Als ich den Blick wenig später nach unten wandte, sah ich keine Jeans und ausgelatschten Turnschuhe mehr. Ich hatte lange, schwarze Beine – stelzendürr, aber voller Energie.

Juhu, es hatte geklappt! Ich hatte mich einfach verwandelt, weil *ich* es wollte! Freude schoss durch meine Adern und ich konnte gar nicht anders, als meinen neuen Körper sofort auszuprobieren. In weiten Sprüngen durchquerte ich den Saal, vorbei an den Pookas, die wie festgefroren dastanden. Warum starrten sie mich denn alle so an? Und was sollten die erschrockenen Gesichter? Flynn hatte ihnen doch sicher erzählt, dass ich eine von ihnen war. Ausgelassen wackelte ich mit meinen Ohren und dem Schwänzchen, warf die Beine hoch und tat so, als wäre ich Bambi. Immer wilder sprang ich umher und merkte gar nicht, dass jemand den Saal betrat. Als meine geschärften Sinne mir das Zufallen der Tür meldeten, legte sich auch schon eine Schlinge um meinen Hals.

8. KAPITEL

Verschollen

Ich musste mich zurückverwandeln, und zwar auf der Stelle! Mit meiner ganzen Kraft versuchte ich, Flynns Ratschlag zu beherzigen – aber wie sollte man sich ans große Einmaleins erinnern, während einem beinahe die Luft abgeschnürt wurde? Ich konnte noch nicht mal sehen, wer mich da eigentlich festhielt. Eine große Hand hatte mich im Nacken gepackt, sodass ich es nicht schaffte, den Kopf zu bewegen und hinter mich zu blicken. Nur meine Ohren drehten sich und ich hörte eine heisere

Stimme knurren: „Kann mir jemand erklären, was hier vor sich geht?“

„Lassen Sie sie los!“, rief Noah und stürzte auf mich zu. Auch Flynn sprang zu mir, die kleine Sprühflasche nach vorne gereckt. Ein Spritzer Meerwasser traf meine Schnauze und prompt setzte der Gestaltwechsel ein. Kaum hatte ich meine Hände wieder, griff ich japsend an meine Kehle, um die Schlinge zu lockern. Dann wirbelte ich herum.

Der Mann mit dem grauen Bart durchbohrte mich regelrecht mit seinem Blick. *„Du* natürlich“, sagte er, während er das Seil wieder an sich nahm. „Ich wusste von Anfang an, dass du hier für Unruhe und Chaos sorgen würdest. Rothaarige machen sowieso immer nur Ärger.“

„Ich hab doch gar keinen Ärger gemacht!“, protestierte ich, eine Hand immer noch an meinem Hals.

„Aber du hättest aus dem Trainingsraum entwischen können! Hier im Rudel gehen wir nicht so verantwortungslos mit unseren Kräften um, nur damit das klar ist!“

„Jetzt sei mal nicht so, Grandpa“, mischte Flynn sich ein. „Sie weiß erst seit zehn Minuten über unser Geheimnis Bescheid, da kann sie unmöglich schon alle unsere Regeln …“

„Zehn Minuten zu viel!“, unterbrach ihn der Bärtige hart. Es fiel mir schwer zu glauben, dass er Flynns Großvater war – Nana hätte nie, niemals in einem solchen Ton mit mir gesprochen. Die Augenbrauen düster zusammengezogen, polterte er weiter: „Es war schon gefährlich genug, dass du überhaupt zwei Fremde zu unserem Versteck geführt hast, Flynn. Sogar einem gewöhnlichen Menschen hast du unser Geheimnis preisgegeben! Das alles wäre nicht passiert, wenn du dich nicht ständig auf dieser Wildtierstation herumtreiben würdest. Die kommen dort schon zurecht, auch ohne dass du den Übersetzer spielst!“

Flynn richtete sich kerzengerade auf. „Ich spiele nicht“, sagte er. „Ich mache bloß was Sinnvolleres, als immer nur hier herumzuhocken.“

Ich war mir sicher, dass sein Großvater etwas darauf erwidern wollte – und vermutlich nichts Nettes –, aber er kam nicht dazu. Orla war hinter ihm durch die Tür getreten, einen bekümmerten Ausdruck im blassen Gesicht. „Streitest du schon wieder mit dem Jungen, Vater?“, seufzte sie.

Vater? Verblüfft schaute ich sie an und zum ersten Mal erkannte ich die Ähnlichkeit zwischen ihr und Flynn. Mit ihrer hellen, sommersprossigen Haut gehörten Mutter und Sohn eindeutig zur selben Familie.

„Du verzärtelst ihn, Orla“, sagte der Großvater schroff. „Gerade von dir hätte ich etwas anderes erwartet. Meinst du nicht, dass wir schon genug Unglück ertragen mussten?“

Darauf gaben weder Flynn noch Orla eine Antwort und der Bärtige schien auch gar keine hören zu wollen. Stirnrunzelnd wandte er sich an mich, als wäre ihm gerade wieder eingefallen, dass ich da war. „Versteh mich nicht falsch“, sagte er. „Wir sind durchaus bereit, neue Mitglieder in unser Rudel aufzunehmen. Aber wenn du eine von uns werden möchtest, hast du dich auch an unsere Regeln zu halten. Flynn soll dir erklären, was das bedeutet. Und jetzt geht, damit die anderen hier in Ruhe weiterüben können!“

Mit einer herrischen Handbewegung deutete er zur Tür und Flynn zog mich schweigend nach draußen. Auch Noah gehorchte, doch sobald wir uns ein paar Schritte vom Trainingsraum entfernt hatten, schnaubte er wie eines von Bauer Orins Ponys. „Uff, was sollte denn *der* Auftritt? Dein Großvater benimmt sich ja, als wäre er hier der Chef!“

Flynn warf einen schnellen Blick über die Schulter, als wollte er sichergehen, dass die Tür ins Schloss gefallen war. „Stimmt auch irgendwie", meinte er. „Grandpa Quinn ist sozusagen unser Anführer. Er hat seine Wandlerfähigkeit am besten unter Kontrolle, deswegen erledigt er fast alles …", er zögerte, „… *dort draußen* für uns. Zum Beispiel verkauft er Dinge, die wir hier herstellen – Kleider, Bilder, Schnitzereien –, und kauft von dem verdienten Geld, was wir zum Leben brauchen. Dafür möchte er, dass wir das Haus so selten wie möglich verlassen. Schon gar nicht in Tiergestalt."

„Ihr seid fast immer nur hier drin?" Erschrocken dachte ich an den Saal, der mir eben noch so zauberhaft erschienen war. Jetzt wurde mir erst richtig bewusst, dass sich keiner der verwandelten Pookas dort frei bewegt hatte. Die Box des schwarzen Ponys war kaum groß genug gewesen, um sich darin zu drehen, und die Eichhörnchen, die so wild an den Gitterstäben herumgeklettert waren, kamen mir plötzlich gar nicht mehr lustig vor.

Flynn hob die Schultern und ließ sie mit einem schweren Atemzug wieder fallen. „Das möchte Grandpa zumindest, aber nicht alle halten sich daran."

„Du zum Beispiel", ergänzte Noah.

„Stimmt, und meine Mam. Hat wohl damit zu tun, dass …“ Abermals stockte Flynn, als müsste er sich überwinden, mehr zu erzählen. „Na ja, mein Dad ist an einer Krankheit gestorben, noch ehe ich geboren wurde. Er hat sich nicht zum Arzt getraut, weil er befürchtet hat, unser Geheimnis zu verraten. Seitdem sagt meine Mam, dass unsere Angst vor den Menschen vielleicht gefährlicher ist als die Menschen selbst. Sie hat immer schon lange Streifzüge in Tiergestalt gemacht, und sobald ich alt genug war, durfte ich mitkommen. Von ihr habe ich gelernt, wie ich meine Fähigkeit nutzen kann, um Tieren zu helfen. Natürlich gegen den Willen von Grandpa, der das alles viel zu riskant findet.“

„Aber übertreibt er da nicht?“, fragte ich, immer noch bestürzt.

„Na ja, manchmal verliert man eben doch die Beherrschung, so wie ich vorhin. Früher fand ich Grandpas Regeln auch übertrieben, aber mittlerweile verstehe ich seine Sorge. Ich meine, es … es sind schon einige einfach so verschwunden.“

Der Satz durchfuhr mich wie ein elektrischer Schlag. „Wer ist verschwunden?“, stieß ich hervor. „Auch Babys?“

Erstaunt runzelte Flynn die Stirn. „Wieso fragst du?“

Ich holte einmal tief Luft, dann sprudelte die ganze Geschichte aus mir heraus: wie Nana mich am Nordstrand von Patch Island gefunden hatte. Dass es ein Strand war, den kaum ein Inselbewohner jemals betrat, weil es dort angeblich spukte. Und dass ich nichts am Leib gehabt hatte bis auf die Bernsteinkette …

Flynn hörte aufmerksam zu, ohne mich ein einziges Mal zu unterbrechen. Sobald ich allerdings zu Ende erzählt hatte, schüttelte er den Kopf. „Davon, dass jemandem ein Baby verloren gegangen ist, hab ich echt noch nie gehört. Soweit ich weiß, waren die verschwundenen Pookas vier Erwachsene. Mam hat mir davon erzählt, nachdem sie dem Rudel dieser Verschwundenen begegnet ist.“

„Und wo hält sich dieses andere Rudel versteckt?“, fragte ich. „Vielleicht erfahre ich bei denen mehr über mich!“ Ungeduldig trat ich von einem Fuß auf den anderen, bereit, sofort loszurennen. Noah legte mir seine Hand auf die Schulter, um mich zu beruhigen. Trotzdem kam es mir wie eine halbe Ewigkeit vor, bis Flynn endlich antwortete.

„Das hat Mam nicht gesagt und ich bezweifle, dass es einer von den anderen weiß. Die meisten aus unserem Rudel bleiben ja nur unter sich.“

„Dann lass uns deine Mam bitte gleich fragen!“ Ich wirbelte herum und wollte zum Trainingsraum zurücklaufen, doch Flynn erwischte mich am Arm.

„Meine Mam?“, wiederholte er leise. Dann zog er die Augenbrauen hoch. „Ach so, du denkst wahrscheinlich an Tante Orla, ihre Schwester. Meine Mam ist leider seit einigen Wochen fort und keiner weiß, wo sie steckt.“

9. KAPITEL

Rückkehr nach Patch Island

Die Enttäuschung fühlte sich an, als rutschte ein riesiger Eisklumpen in meinen Magen. Ich war so glücklich gewesen, auf ein Rudel Pookas gestoßen zu sein, aber was hatte ich nun davon? Die Leute, von denen ich lernen wollte, lebten fast wie Gefangene – und die einzige Person, die mir womöglich mehr über meine Eltern verraten konnte, war wie vom Erdboden verschluckt.

„Mam kommt bestimmt bald nach Hause“, versicherte

mir Flynn. „Es ist nicht das erste Mal, dass sie in Tiergestalt die Zeit vergisst. Lass mir deine Adresse hier, dann sitzen wir vielleicht schon in wenigen Tagen vor deinem Fenster."

Ich gab mir große Mühe zu lächeln. Flynn hatte genug eigene Sorgen, da sollte er mich nicht auch noch trösten müssen. „Kommt nur nicht als schwarze Katzen", warnte ich ihn. „Ein paar von meinen Nachbarn sind furchtbar abergläubisch. Noch dazu haben wir gar keine schwarzen Katzen auf der Insel."

„Wenn *du* nicht grade eine bist", meinte Noah. „Und hast du nicht auch am Tag meiner Ankunft eine fremde, schwarze Katze gesehen? Da dachtest du noch, das wäre ein böses Omen. Der Aberglaube hat wohl schon auf dich abgefärbt."

Frech grinste er mich an, aber ich wusste, dass auch er mich nur aufmuntern wollte. Also plauderte ich in gespielt lockerem Tonfall mit den Jungs, bis es Zeit war, sich auf die Heimreise zu machen. Doch das kalte Gefühl von Enttäuschung in meinem Bauch wollte einfach nicht verschwinden.

„Na, ihr seht ja geschafft aus", begrüßte uns Cormack

vom Kutter aus, als wir eine Stunde später im Hafen ankamen. „Habt wohl letzte Nacht bei Brianna tierisch viel Spaß gehabt, was?"

„Mhm", machte Noah, „*tierisch* trifft es echt gut."

Ich warf ihm einen mahnenden Blick zu.

„Schön, dass ihr euch amüsiert habt", sagte Cormack ahnungslos, während wir an Bord kletterten und zu ihm ins Führerhäuschen traten. „Bei uns gab's ganz schön viel Trubel wegen der Einladung …" Er brach ab und rieb sich den Nacken.

„Was für eine Einladung?" Nervös schaute ich ihn von der Seite an. Weitere schlechte Nachrichten konnte ich jetzt wahrhaftig nicht gebrauchen! Zu meiner Erleichterung wirkte Cormack aber nicht bedrückt, sondern einfach nur verlegen.

„Also, gestern war doch das Postschiff da und es haben fast alle einen Brief von einer Miss Everly bekommen. Sie ist wohl die Lieblingspflegerin deiner Nana in der Reha-Klinik. Weil Cleo am Freitag wieder nach Hause darf, möchte Miss Everly für sie zum Abschied eine kleine Feier veranstalten. Offenbar haben sich die beiden während Cleos Kur gut angefreundet."

Ein Lächeln huschte über mein Gesicht. Ja, das klang

ganz nach meiner Nana – wegen ihrer fröhlichen, offenen Art schloss sie jeder schnell ins Herz. „Aber das ist doch eine schöne Neuigkeit. Wo liegt das Problem?", fragte ich.

„Tja, um ehrlich zu sein, wurden alle bis auf euch beide eingeladen. Die Klinik erlaubt keine minderjährigen Besucher, damit sich die Patienten in Ruhe erholen können."

„Wir sind doch keine kreischenden Kleinkinder!", protestierte Noah. „Und Rubys Grandma wird enttäuscht sein, wenn ausgerechnet Ruby nicht kommt. Oder?"

Er wandte sich zu mir, aber ich zuckte nur mit den Schultern. „Wir feiern ihre Rückkehr dann eben ein paar Stunden später auf dem Hof, mit frischem Tee und einem großen Strauß Wiesenblumen."

Noah zögerte einen Moment. Tee und Blumen schienen in seinen Augen kein toller Ersatz für eine Party zu

sein, doch schließlich nickte er. „Du hast recht. Es muss ja sowieso jemand bei den Tieren bleiben."

Cormack strahlte. „Bin ich froh, dass ihr das so seht. Jetzt kann ich mich glücklicherweise wieder meiner anderen Sorge widmen."

„Und die wäre?", fragte Noah.

Gut gelaunt nickte Cormack zu ein paar Tüten hinüber. „Ob ich auch alles gekauft habe, was meine Süße mir aufgetragen hat. Andernfalls reißt sie mir nämlich bei aller Liebe den Kopf ab."

Tatsächlich wurden wir auf Patch Island von einer sehr aufgeregten Kathleen empfangen. „Endlich seid ihr da!", rief sie und drückte mich an ihre mehlige Schürze. „Ruby, sag schnell – welchen von meinen Kuchen mag Cleo am liebsten?"

„Du kennst sie länger als ich selbst", sagte ich etwas irritiert. „Und du weißt, dass sie alle deine Kuchen lecker findet."

„Hm, vielleicht mache ich auch eine ganz neue Kreation für die Party", überlegte Kathleen. „Cleos Lieblingspflegerin schreibt, jeder soll auf seine Weise zu der Feier beitragen. Oh, woraus besteht noch mal dieser Tee, den Cleo ständig trinkt?"

„Äh … du willst etwas aus Schafgarbe, Salbei und Brennnessel backen?“

Noah verzog das Gesicht. „Wirklich *schade*, dass wir nicht zur Party eingeladen sind“, sagte er, aber sein Bedauern klang jetzt nicht mehr echt.

„Mach doch einfach deine übliche Freitags-Apfeltorte und wir kümmern uns um den Tee. Nana wird begeistert sein“, versicherte ich Kathleen.

„Na schön.“ Sie atmete tief durch, stürzte sich dann aber mit neuer Energie auf den armen Cormack. „Liebling, hast du auch genug Puderzucker eingekauft?“

Cormack zwinkerte uns zu. Kathleen war normalerweise sehr entspannt, aber wenn es um ihre Bäckerei ging, konnte sie schon ein klein wenig durchdrehen.

„Keine Panik, ich hab einen ganzen Karton voll besorgt“, sagte Cormack und folgte seiner Frau lachend, als sie wie ein wild gewordenes Känguru auf den Kutter sprang. Noah und ich machten uns inzwischen auf den Weg zum Hof.

„Schmuggel ist sicher begeistert, dass wir wieder da sind“, sagte ich, als das verschnörkelte gusseiserne Tor in Sicht kam.

„O ja. Er wird vor Freude mit einem Ohr zucken."

„Oder gähnen." Ich kicherte.

„Vielleicht blinzelt er zur Feier des Tages sogar mit *beiden* Augen!"

Aber Schmuggel sorgte für eine Überraschung: Bei unserem Anblick wedelte er unfassbare fünf Sekunden lang mit dem Schwanz.

„Er hat euch vermisst", sagte Winnie, die an der offenen Tür des Haupthauses stand. „Während ihr fort wart, hat er sich vor lauter Gram kaum noch vom Kamin wegbewegt."

„Dann wird es ja höchste Zeit für einen langen Spaziergang!" Ich kniete mich vor Schmuggel und wuschelte mit beiden Händen durch sein struppiges Fell.

Schmuggel brummte leise, was sicher bedeuten sollte: ‚Schon gut, Rotzgöre. Abknutschen musst du mich trotzdem nicht.' Aber er rührte sich keinen Zentimeter von meinen Streichelhänden weg.

„So bald fahren wir sicher nicht wieder zum Festland", versprach ich ihm. „Die in der Klinik können auch ohne uns feiern."

„Oh, ihr habt schon davon gehört!", rief Winnie. Als ich den Kopf hob, stellte ich fest, dass ihre Wangen sich rosig verfärbt hatten. „Wenn es für euch in Ordnung ist, würde ich ganz gern hinfahren. Cleo hat ihrer Pflegerin von mir erzählt, obwohl wir einander seit der Studienzeit nicht mehr begegnet sind. Sie konnte sich sogar an meinen zweiten Vornamen erinnern!" Stolz zog sie einen Brief aus der Schürzentasche und zeigte uns, dass er an *Winifred Martha Appleton* adressiert war.

„Klar, wir schmeißen so lange den Laden hier", meinte Noah lässig.

„Natürlich solltet ihr nicht ohne einen Erwachsenen hierbleiben", fuhr Winnie fort und Noahs cooler Gesichtsausdruck verwandelte sich in eine Grimasse.

„Fergus hat angeboten, auf die Party zu verzichten, weil er sowieso nicht gern zum Festland fährt. Außerdem wirkt der Gute zurzeit ein bisschen … nervös."

Verwirrt schauten Noah und ich uns an. Wir kannten Fergus grantig, spöttisch und aufgebracht – aber *nervös?* Allerdings waren wir zu hungrig, um uns länger mit Winnies seltsamer Bemerkung zu beschäftigen. Stattdessen machten wir uns über den leckeren Eintopf her, den sie als Willkommensmahl für uns gemacht hatte. Anschließend brachen wir mit Schmuggel zu einer langen Gassi-Runde auf. Ich hatte einen Beutel, eine Schere und Gartenhandschuhe dabei, um unterwegs Schafgarbe und Brennnesseln zu pflücken. Später wollte ich noch Salbei aus Nanas Gemüsegarten holen.

Es dämmerte bereits, als wir einen Abstecher zur magischen Pflegestation machten. Leider gab es dort immer noch keinen einzigen Patienten. Im Schuppen war es kalt und modrig, so wie immer, wenn das magische Leuchten nicht gebraucht wurde. Nach dieser Enttäuschung wollten wir auf direktem Weg nach Hause, doch Schmuggel sah das anders. Plötzlich begann er, an der Leine zu ziehen, sodass ich nur verdattert hinterherstolpern konnte. Vor einem Ginsterbusch blieb er stehen und schnupperte intensiv an den Zweigen.

„WAG ES JA NICHT“, sagte der Busch.

Mit einem lauten Schrei sprang ich nach hinten. Der Busch raschelte, dann tauchten zwischen den Blättern zwei Köpfe auf: ein weißer mit gelbem Schnabel und einer mit Glatze.

„*Fergus!*“, keuchte ich. „Du kannst mich doch nicht so erschrecken!“

Der alte Fergus, der wie üblich seine zahme Möwe

Meinsmeins auf der Schulter trug, klopfte sich ein paar gelbe Blüten von den Jackenärmeln. „Ich suche etwas“, verkündete er mit einer Mischung aus Feierlichkeit und Trotz.

„Ostereier?“, erkundigte sich Noah.

„Natürlich nicht, du frecher Bengel! Ich suche nach Beweisen, sonst glaubt mir ja wieder keiner!“, rief der alte Fergus und wirkte dabei so aufgebracht, dass er mir beinahe leidtat.

„Was glaubt dir denn keiner?“, fragte ich.

„Na, dass es spukt!“ Fergus warf die knorrigen Hände in die Luft. „Letzte Nacht hab ich auf dem Heimweg ein derart schauderhaftes Heulen gehört, dass mir fast das Blut in den Adern gefroren ist! Es war hier auf dieser Weide, glaube ich, oder auf der nächsten. Bin leider davongerannt, bevor ich was sehen konnte, und hinterher meinten natürlich alle, das wäre nur der Sturm gewesen. Aber vielleicht hat das Gespenst irgendwelche Spuren hinterlassen!“

Beruhigend lächelte ich ihn an. „Glaub mir, es gibt keine Gespenster.“

„Dass ausgerechnet du das sagst, da lachen ja die Hühner! Du hast ja selbst ständig mit solchen *Kreaturen* zu tun!“, bellte Fergus so laut, dass Meinsmeins den Kopf einzog.

„Pssst!“ Erschrocken legte ich den Finger auf die Lippen und schaute nach allen Seiten. Zum Glück hatte uns niemand gehört, mal abgesehen von ein paar Schafen.

Der alte Fergus ahnte schon seit einiger Zeit, dass es mit dem Schuppen am Nordstrand etwas Besonderes auf sich hatte, und gruselte sich ziemlich davor. Seiner Meinung nach brachte Übernatürliches nichts als Pech – aber die Sache mit dem Gespenst schien er trotzdem klären zu wollen. Angestrengt begann er wieder, unter dem Busch herumzustöbern, bis Noah ihm auf die Schulter tippte.

„Hey, ich glaub nicht, dass Gespenster Fußspuren hinterlassen. Die schweben doch. Ruby, hab ich recht?"

„Nein, hast du nicht", sagte ich. „Weil es sie nämlich nicht gibt."

„Außerdem kommen sie bestimmt erst aus ihren Verstecken, wenn es richtig finster ist", fuhr Noah unbeirrt fort. „Das wird also noch eine Weile dauern. Geh ruhig nach Hause, wir bleiben mit Schmuggel hier und passen auf."

Der alte Fergus zögerte. Hilfe anzunehmen war nun wirklich nicht seine Stärke – aber die Aussicht, mit uns zusammen auf ein Gespenst zu warten, gefiel ihm wohl noch weniger. „Also schön", brummte er. „Denk dran, mit deinem supermodernen Handydings ein Foto zu machen, wenn es auftaucht." Dann humpelte er mit Meinsmeins davon.

„Pff, ein Foto", sagte Noah. „Als ob man Gespenster fotografieren könnte."

„Kann man nicht, weil es sie nämlich nicht –", setzte ich an, da sah ich Noahs Grinsen.

„Du bist süß, wenn du dich aufregst", sagte er und nahm meine Hand. „Los, komm mit."

Er zog mich ein Stück den Weg entlang und Schmuggel trabte hinterher. Ich ahnte schon, worauf wir zusteuerten, noch ehe wir den flachen Felsen erreicht hatten. Wie eine umgefallene, bemooste Tür lag er zwischen zwei Ginsterbüschen und Noah machte es sich bequem.

„Willst du jetzt wirklich die ganze Nacht hierbleiben?", fragte ich, während ich mich neben ihn setzte.

„Nö. Nur, bis es dunkel ist, wie wir es Fergus versprochen haben. Der wäre doch sonst niemals nach Hause gegangen." Noah kreuzte die Beine im Schneidersitz und sein Knie berührte meines. Mit zurückgelegtem Kopf blickte er in den Himmel, an dem sich bereits die ersten Sterne zeigten. Schweigend schauten wir zu, wie die Nacht hereinbrach. Als der letzte helle Schimmer am Horizont verschwunden war, begann ich zu

frieren. Nur mein rechtes Knie war seltsamerweise immer noch ganz warm. Ich zog Schmuggel näher zu mir und kuschelte mich in sein Fell, dann fragte ich Noah: „Erinnerst du dich, wann wir das letzte Mal hier gesessen haben? Da wollte dich dein Vater unbedingt aufs Internat schicken."

„Will er immer noch." Seufzend streckte Noah die Hand an mir vorbei und kraulte Schmuggel zwischen den Ohren. „Er behauptet, Mom hätte niemals gewollt, dass ich auf einem anderen Kontinent lebe. Weil Familie und

Wurzeln ja sooo wichtig sind. Dabei reist er für seinen Job selbst die ganze Zeit und – “

Weiter kam er nicht. Etwas hatte ihn unterbrochen. Etwas, das ein wenig an das Heulen des Windes erinnerte. Seltsamerweise schien es nachzuhallen, als befänden wir uns in einem Keller oder einer Gruft. Ich spürte, wie Schmuggels Fell sich sträubte, und auch die feinen Härchen in meinem Nacken richteten sich auf. Einen Augenblick saßen wir wie erstarrt, dann sprangen wir alle gleichzeitig vom Felsen.

„Wenn Fergus recht hatte, pflück ich ihm einen ganzen Strauß vierblättrigen Klee“, flüsterte Noah. Im nächsten Moment rannten wir los, geradewegs dem gespenstischen Heulen entgegen.

10. KAPITEL

Finbar, der Blutbefleckte

Der alte Fergus *hatte* recht gehabt. Das wusste ich sofort, als wir um eine Kurve bogen und jemanden auf einem Mäuerchen hocken sahen. Die dürre Gestalt wurde nicht nur vom Mond beschienen, sondern gab selbst ein milchweißes Leuchten von sich.

„Alter Falter", rutschte es Noah heraus, während wir auf das Gespenst zugingen. Es war ein Mann mit langen Haaren, die genau wie sein Gewand um ihn herumwaberten, als befände er sich unter Wasser. Alles an ihm war bleich wie Nebel und beim Näherkommen erkannte ich, dass er obendrein durchsichtig war. Vermutlich hätte ich einfach die Hand durch seinen Körper strecken können, aber das hätte er mir womöglich übelgenommen. Er wirkte schon nicht gerade begeistert, als wir vor ihm stehen blieben und Schmuggel verwirrt an seinem geruchlosen Fuß schnüffelte. Ein letzter Klagelaut kam über seine Lippen, dann schaute er uns vorwurfsvoll an. „Wieso fliehet ihr nicht?", rief er und ein magisches Echo wiederholte: *-icht, -icht, -icht.* „O holde Maid und stolzer Jüngling, findet ihr mich nicht erschröckend?"

„Erschröckend nicht gerade", sagte Noah. „Aber ziemlich cool."

„Interessant", verbesserte ich, als das Gespenst sich verständnislos am Kopf kratzte. „Bist du derjenige, von dem es heißt, er würde gern in der kleinen Bucht sitzen und Meerwasser trinken?"

„Das Nordstrandgespenst, meinet ihr? O nein, fürwahr, das gibt es nicht."

Noah stöhnte auf. „Ich komm langsam durcheinander mit allem, was es angeblich nicht und dann wieder doch geben soll!"

„Gestattet, dass ich mich vorstelle", sagte das Gespenst

würdevoll, „ich bin Finbar, der Blutbefleckte." Er deutete auf ein paar Kleckse an seinem wallenden Gewand, die wie getrocknetes Ketchup aussahen. Dann fuhr er etwas weniger theatralisch fort: „Vor hundert Jahren änderte ich meinen Namen allerdings in *Finbar, der Gutversteckte*. Laut herumzuspuken ist längst nicht mehr Gespensterbrauch. Ihr seht ja, wie ihr beide auf mich reagiert habt! Die meisten Menschen würden sich nicht gruseln, sondern versuchen, uns zu filmen oder gar einzufangen. Eine entsetzliche Vorstellung! Deshalb bleiben wir heutzutage lieber unauffällig."

„Sei nicht sauer, aber besonders unauffällig ist es nicht, hier herumzuheulen", meinte Noah.

Prompt stieß Finbar wieder ein herzzerreißendes Jammern aus. „Wie soll man denn *nicht* heulen, wenn man solch Grauen erleben muss?" Er hielt einen Zeigefinger nach vorne.

„Welches Grauen?", fragte ich und drehte den Kopf, um zu sehen, worauf er deutete.

„Dieses, holde Maid, dieses! Seht ihr denn nicht meinen Finger?", rief das Gespenst, während es seinen Arm noch weiter in unsere Richtung streckte.

„Äh, klar", sagte Noah irritiert und machte einen Schritt

nach hinten. „Wir sehen deinen Finger. Nicht nötig, ihn in meine Nase zu bohren."

Mir hingegen fiel gerade auf, *wie deutlich* ich den Finger sehen konnte. Er wirkte längst nicht so luftig und nebelig wie das restliche Gespenst. Fast schien es, als wäre er …

„FEST!", jaulte Finbar. „Ich werde langsam fest! Erst habe ich es nur am Fingernagel bemerkt, aber dann breitete es sich immer weiter aus. Wie soll ich denn noch durch Wände gehen, wenn ein Teil von mir körperlich wird? Wie soll ich mich unsichtbar machen? Ohne diese Kräfte bin ich doch gar nichts Besonderes mehr!"

Einen Moment lang herrschte Schweigen, dann durchzuckte mich ein Gedanke. „Der Selkie!", rief ich und griff aufgeregt nach Noahs Arm. „Fiona hat doch behauptet, er könnte sich nicht mehr verwandeln! Was, wenn das eine Art Krankheit ist? Eine Krankheit, die … die …"

„… magische Fähigkeiten auslöscht", ergänzte Noah und jetzt war seine Miene ernst. Aus zusammengekniffenen Augen schaute er zu dem Gespenst, das sich vor Schreck die Hand auf den Mund gepresst hatte, dann wandte er sich wieder an mich. „Glaubst du, dass noch mehr Fabelwesen davon betroffen sind?"

„Keine Ahnung! Normalerweise würden kranke Fabelwesen zur magischen Pflegestation kommen, aber es vertraut mir ja keiner mehr!"

Finbar, der inzwischen seine Hand wieder gesenkt hatte, stieß ein leises Hüsteln aus. „Verzeihung, holde Maid, aber sagtest du gerade etwas über eine magische Pflegestation? Bedeutet das, ihr könnt Fabelwesen heilen?" Hoffnungsvoll sah er mich an und ich versuchte, seinen Blick möglichst selbstsicher zu erwidern.

„Wenn *wir* es nicht können, dann jedenfalls meine Großmutter. Sie kommt in wenigen Tagen zurück und bis dahin versuchen wir schon mal, der Sache auf den Grund zu gehen", versprach ich. „Fällt dir irgendetwas ein, das uns dabei helfen könnte? Hast du zum Beispiel etwas Außergewöhnliches bemerkt, ehe das mit deinem Finger begonnen hat?"

Finbar fuhr sich nachdenklich durch die langen, herumwabernden Haare. „Nun, ich bin gestern Abend ein wenig die Küste entlanggeflogen", erzählte er. „Der Regen hatte gerade erst aufgehört und fast alle waren noch in ihren Behausungen. Weder Fabelwesen noch Menschen sind mir begegnet. Auch Schiffe habe ich keine gesehen, bloß einen kleinen Fischkutter, der von den Wellen

geschaukelt wurde. Auf dem Heimweg bin ich dann in einen Schwarm Möwen geraten, aber ich glaube kaum, dass ich mich bei denen mit irgendetwas angesteckt habe."

„Kann ich mir auch nicht vorstellen." Unschlüssig drehte ich Schmuggels Leine zwischen den Fingern, dann gab ich mir einen Ruck. „Was es auch ist, wir finden eine Lösung. Versuch nur in den nächsten Tagen, nicht mehr so auffällig zu sein, ja? Oder möchtest du dich vielleicht auf der magischen Pflegestation verstecken und dort ein bisschen ausruhen?"

„Danke sehr, aber ich komme schon zurecht", antwortete das Gespenst tapfer. „Den Großteil von mir kann ich ja noch unsichtbar machen und einen herumschwebenden Finger bemerkt man vielleicht gar nicht."

„Und wenn doch, dann wäre das echt gruselig", sagte Noah, was Finbars Laune zu heben schien. Er lächelte sogar ein bisschen und entblößte dabei silbern schimmernde Zähne. Kurz winkte er uns noch zu, dann wurde sein Leuchten immer schwächer, bis er ganz mit der Dunkelheit verschmolz. Nur ein kühler Lufthauch verriet mir, dass er davonflog.

Auch wir machten uns schweigend auf den Heimweg. Noah zerbrach sich bestimmt den Kopf über Finbars rätselhafte Krankheit, genau wie ich – Schmuggel dachte wohl eher an seinen Lieblingsplatz vor dem Kamin.

Zu Hause wartete Winnie mit dem Abendessen auf uns. Sie hatte sich schon Sorgen gemacht, war aber gleich wieder gut gelaunt, als sie unsere gesammelten Kräuter sah. Eifrig half sie uns dabei, die Pflanzen über dem Ofen aufzuhängen, damit sie schnell trocknen konnten. Dabei erzählte sie uns, dass sie sich sehr für die Wirkung von Heilkräutern interessierte.

Wie gern hätte ich auch ein passendes Kraut für Finbar und den Selkie auf Lager gehabt! Aber was konnte man schon gegen eine Krankheit unternehmen, über die man rein gar nichts wusste?

Diese Frage kreiste immer noch durch meine Gedanken, als ich etwas später unter meiner Bettdecke lag. Unruhig wälzte ich mich hin und her, wie ich es sonst nur tat, wenn der Sturm ums Haus heulte. Dabei hatte sich das Wetter vollkommen beruhigt. Es war so still, dass ich meinen eigenen Herzschlag hören konnte – und ein zartes Pochen am Fenster.

Erschrocken fuhr ich hoch. War das etwa Finbar, dem es plötzlich schlechter ging? Schon ertönte es wieder: ein leises Klopfen, dreimal hintereinander. Ich tastete nach dem Schalter der Nachttischlampe, dann drehte ich mich zum Fenster. Es befand sich direkt über meinem Bett und ich rechnete damit, gleich ein Gesicht mit wehenden langen Haaren vor mir zu haben.

Verblüfft hielt ich inne, als ich stattdessen einem Vogel ins Auge sah. In ein *flaschengrünes* Auge, das mir eindeutig zuzwinkerte.

11. KAPITEL

Auf Entdeckungstour

Ungläubig riss ich das Fenster auf und der Vogel flatterte herein. Er sah aus wie eine Sturmschwalbe, wenn auch ohne die typischen weißen Stellen im nachtschwarzen Gefieder. Kaum war er auf meinem Bett gelandet, begann er, sich zu verwandeln. Dort, wo eben noch ein Schnabel gewesen war, erschien ein breites Lächeln.

„Ich dachte schon, du lässt mich nicht rein“, sagte Flynn.

„Aber – aber was machst du denn hier?“, stammelte ich

und kämpfte gegen den irritierenden Drang, ihn zu umarmen. Obwohl wir uns gerade erst getroffen hatten, freute ich mich riesig, ihn wiederzusehen. Irgendwie hatte ich das Gefühl, ihn schon sehr viel länger zu kennen als nur zwei Tage.

„Hey, ich hab doch versprochen, dir einen Besuch abzustatten", meinte er und schaute sich in meinem Zimmer um. „Nett hast du's hier. Viel gemütlicher als bei uns."

„Flynn!", quietschte ich vor Ungeduld wie ein Meerschweinchen. Dann senkte ich schnell meine Stimme, um niemanden zu wecken. „Sag mir, warum du hier bist", drängte ich im Flüsterton. „Hast du etwas über meine Herkunft rausgefunden? Ist deine Mam zurückgekehrt?"

„Noch nicht", sagte Flynn und lehnte sich ans Fußende meines Betts. „Aber ich hatte sozusagen eine Erleuchtung. Noah und du, ihr habt doch von dieser Katze erzählt, der schwarzen, die du noch nie zuvor auf der Insel gesehen hattest …"

Schlagartig wurde mir klar, worauf er hinauswollte. „Du meinst, das könnte vielleicht ein Pooka gewesen sein?"

„Nicht irgendein Pooka, sondern meine Mam!" Flynns Augen schienen vor Aufregung grüne Funken zu sprühen. „Als du weg warst, hab ich nachgeschaut, wo Patch Island überhaupt liegt, und da ist mir eingefallen, dass Mam ihren letzten Ausflug in *genau* diese Richtung unternommen hat. Sie meinte, ihr würde bald die Decke auf den Kopf fallen und sie müsste dringend mal raus. Jemand musste sich in der Zwischenzeit um die Neulinge auf der Wildtierstation kümmern, also konnte ich nicht mit. Aber Mam hat mir gesagt, dass sie übers Meer nach Westen möchte – dem Sonnenuntergang entgegen, so hat sie es ausgedrückt."

„Also willst du jetzt auf Patch Island nach einer schwarzen Katze suchen?", fragte ich mit pochendem Herzen. Wenn Flynn Erfolg hatte, brachte mich das vielleicht auch *meinen* Eltern einen Schritt näher! Seine Mutter würde mir verraten, wo sich das andere Pooka-Rudel befand, und dort hatte hoffentlich jemand einen Hinweis für mich. Oder meine Mam und mein Dad gehörten sogar selbst zu dem Rudel …

Flynn legte den Kopf schief und erinnerte dabei wieder ein winziges bisschen an eine Schwalbe. „Na ja, ich würde nicht unbedingt nur nach einer Katze suchen. Wahrscheinlich hat meine Mutter diese Gestalt bloß angenommen, um von den Menschen nicht bemerkt zu werden. Eine schwarze Katze fällt nicht weiter auf, wenn sie nicht gerade die einzige auf einer Insel ist. Aber nachts oder in freier Natur läuft Mam am liebsten als Fuchs herum."

„Wieso das denn?", wollte ich wissen. Dabei sah ich wieder den schwarzen Fuchs vor mir, in den Flynn sich am Tag zuvor verwandelt hatte.

„In dieser Gestalt fühlt sie sich einfach am wohlsten. Und mir geht's genauso", meinte er. „Ich glaube, jeder Pooka beherrscht eine Tiergestalt besonders gut. Das liegt wahrscheinlich auch in der Familie."

Einige Sekunden lang kaute ich auf meiner Unterlippe herum, während ich in Gedanken alle Tiere abhakte, deren Gestalt ich bisher angenommen hatte. Dann sagte ich langsam: „Als meine Kräfte gerade erst erwacht sind, habe ich mich immer in einen Hund verwandelt. Ich dachte, es hätte damit zu tun, dass mein Wolfshund Schmuggel in der Nähe war und ich mich automatisch an ihm orientiert habe. Aber ich fand es auch unheimlich toll, als Hund über die Hügel zu rennen. Das hat einfach so viel Spaß gemacht!"

„Dann wird's ja Zeit für eine neue Runde", sagte Flynn lächelnd.

Auch ich begann zu strahlen, während sich Vorfreude in mir breitmachte. Ich konnte es kaum erwarten, endlich wieder auf vier Pfoten durch die Nacht zu stürmen! „Also los“, sagte ich und sprang aus dem Bett. „Aber wechseln wir lieber erst draußen die Gestalt. In der Stube schläft nämlich Schmuggel. Der lässt sich zwar selten aus der Ruhe bringen, aber auf Fuchsgeruch reagiert er wahrscheinlich doch.“

„Alles klar. Hoffentlich lerne ich ihn ein andermal kennen“, sagte Flynn, wieder mit diesem netten Lächeln. Seite an Seite schlichen wir ins Erdgeschoss hinunter, während ich die Treppe stumm anflehte, nur ja nicht zu knarren. Wenn Winnie aufwachte, würde ich ihr erklären müssen, warum ich mitten in der Nacht einen fremden Jungen aus dem Haus schmuggelte! Allein der Gedanke machte mich ganz verlegen. Außerdem musste ich gegen ein schlechtes Gewissen ankämpfen, weil ich Noah nicht geweckt hatte. Aber wie sollte er uns begleiten, wenn wir auf rasend schnellen Pfoten unterwegs waren?

Leise zog ich die Haustür hinter uns zu, dann atmete ich tief durch.

„Heb dir das Schnuppern für später auf", meinte Flynn amüsiert. „Da lohnt es sich mehr. Glaubst du, dass du wieder eine Verwandlung ohne Meerwasser schaffst?"

Statt zu antworten, schloss ich einfach nur die Augen und dachte an Schmuggel. Ich kannte ihn nun schon so gut, dass ich ihn genau vor mir sah: die feucht glänzende Spürnase, seine Ohren, die er manchmal gespannt anhob, und die langen, zottigen Beine. Schon bald zog das vertraute Brennen durch meinen Körper und meine Sinne schärften sich. Auf einmal war die Nachtluft voller Gerüche, die von Nanas Gemüsegarten, den taufeuchten Wiesen und dem Ozean herüberwehten. Jeder war etwas ganz Besonderes, jeder schien eine Geschichte zu erzählen und ich fand sie alle wunderbar. Nur ein Duft – ein pelzigwürziger – irritierte mich zuerst ein wenig. Ich warf einen Blick zur Seite und meiner Schnauze entfuhr ein Kläffen. *Achtung, Wildtier! Eindringling, Alarm!*, signalisierte mein Instinkt, doch dann erinnerte ich mich zum Glück daran, wer da neben mir stand.

Der Fuchs musterte mich aufmerksam und ich hörte Flynns Stimme in meinem Kopf. ‚Na, wie ist es, wieder auf vier Pfoten zu stehen?'

Menschen-Ruby wollte antworten, dass man das schwer

beschreiben konnte, aber mein überdrehtes Hunde-Ich war schneller. ‚Es ist SUPER!', japste ich und wedelte so heftig mit meinem Puschelschwanz, dass meine hintere Hälfte beinahe vom Boden abhob. ‚Ich liebe, liebe, liebe es! Lass uns rennen, ja? Lass uns richtig schnell rennen, und wer am meisten Spaß hat, gewinnt!'

Falls Füchse lachen konnten, tat Flynn das in diesem Moment. ‚Okay, nur die Ruhe', sagte er, bevor er sich in Bewegung setzte. Ausgelassen stürmte ich hinterher. Obwohl ich eigentlich todmüde hätte sein müssen, sprühte ich nur so vor Energie. Jetzt merkte ich erst richtig, wie sehr ich das alles vermisst hatte. Noch toller als die Schnelligkeit und meinen genialen Geruchssinn fand ich die Gespräche mit anderen Tieren. Praktischerweise konnte ich mich mit allen verständigen, auch wenn es manchmal so klang, als benutzte jede Art einen eigenen Dialekt.

Als Erstes trafen Flynn und ich ein paar Schafe, die in ihrem Unterstand lagen und wiederkäuten. Sie wirkten bei unserem Anblick zwar etwas nervös, antworteten aber auf unsere Frage.

‚Nähähä', meckerten sie, ‚'ne schwarze Katze haben wir nicht gesähähän.'

‚Es könnte auch ein anderes schwarzes Tier gewesen

sein‘, erklärte Flynn und versuchte offenbar, dabei möglichst harmlos auszusehen. Trotzdem drängten sich die Schafe schützend vor ein dunkles Lamm.

‚Nähähä‘, wiederholten sie, nun schon etwas mutiger. ‚Jetzt geht wähähäg.‘

Also liefen wir weiter und fragten unterwegs ein paar Eulen, Igel, einen Dachs und die beiden Kater des Pfarrers, die in der Nähe des Inselzentrums herumstreunten. Leider konnte uns niemand weiterhelfen. Pfarrer Morlands Kater behaupteten zwar, sie würden uns etwas Wichtiges verraten, wenn wir uns auf eine klitzekleine Rauferei einließen, aber das kauften wir ihnen nicht ab. Schließlich befragten wir sogar eine Mücke, obwohl ich aus meiner kurzen Zeit als Fliege wusste, dass Insekten nicht unbedingt die Allerschlauesten waren. Zu meiner Verblüffung antwortete die Mücke jedoch wie aus der Pistole geschossen: ‚Ja.‘

‚Und wo?‘, fragte Flynn aufgeregt. ‚*Wo* hast du ein ungewöhnliches schwarzes Tier gesehen?‘

‚Da‘, sagte die Mücke und setzte sich auf seine Nase.

Flynn scheuchte sie weg und seufzte. ‚Ich fürchte, heute finden wir nichts mehr heraus‘, murmelte er mit gesenkten Fuchsohren.

Obwohl ich selbst ganz schön enttäuscht war, stupste ich ihn tröstend mit der Schnauze an. ‚Lass uns noch kurz am Meer nachschauen. Vielleicht treffen wir ja einen Fisch, der uns etwas Hilfreiches sagen kann!'

Flynn sah nicht so aus, als würde er daran glauben, aber er folgte mir trotzdem zum Nordstrand. Um ihn abzulenken, erzählte ich ihm von der magischen Pflegestation und dem Lied der Meerjungfrauen, das all unsere Patienten vertrieben hatte.

‚So was Blödes', sagte Flynn. ‚Als ob wir Pookas nicht schon genug Probleme hätten! Aber eine Pflegestation für Fabelwesen ist eine echt gute Sache. Da hätte sich bestimmt auch mein Dad …' Mitten im Satz brach er ab, die Augen aufs Meer gerichtet. Ich folgte seinem Blick und sah den Felsen, von dem Noah vor nicht allzu langer Zeit einen kleinen Selkie-Jungen gerettet hatte. Jetzt lagen dort gleich mehrere Gestalten, die im Mondlicht ein wenig an längliche Sofakissen erinnerten. Das konnte nur eine Gruppe Seehunde sein!

‚Hey!', bellte ich und hüpfte auf und ab, sodass meine Ohren flatterten. ‚Ihr dort drüben! Können wir mal kurz mit euch reden?'

Die Seehunde steckten ihre Köpfe zusammen. Es sah

fast so aus, als würden sie sich miteinander beraten. Dann glitt eines der Tiere ins Wasser und schwamm auf uns zu. Am Ufer angelangt, fragte es mit warmer, sanfter Stimme: ‚Du bist Ruby, nicht wahr?'

Verblüfft starrte ich den Seehund an. ‚Woher weißt du das?'

‚Wir kennen uns bereits. Erinnerst du dich nicht mehr? Ich war Fionas Freund.'

‚Oh, Robert Robbe!' Mein Puschelschwanz wackelte vor Begeisterung drauflos. Als Hund fand ich es noch viel toller als sonst, Bekannte zu treffen. ‚Wie hast du erraten, dass ich es bin? Du hast mich doch auf der Pflegestation nur in Menschengestalt gesehen!'

‚Deine Stimme ist dieselbe geblieben. Außerdem merkt man euch beiden an, dass ihr in euren jetzigen Körpern nicht zu Hause seid. *Ich* merke das jedenfalls. Erfahrene Gestaltwandler ahnen, wenn sie jemanden mit derselben Fähigkeit vor sich haben.'

Ich stoppte mein Wedeln und legte nervös die Ohren an. Würde Robert jetzt gleich von dem Lied anfangen? Doch zu meiner Erleichterung musterte er mich nur weiterhin aus seinen großen schwarzen Augen.

‚Fürchtest du dich denn nicht vor mir?‘, erkundigte ich mich beklommen. ‚*Feind alles Magischen* und so weiter …?‘

‚Ich weiß nicht recht‘, sagte Robert und zuckte mit den Schnurrhaaren. ‚Für uns Selkies ist das Lied ziemlich lästig, weil wir ständig erklären müssen, dass wir keine Pookas sind. Außerdem bin ich mir nicht mehr sicher, ob ich mich überhaupt auf das Wort einer Meerjungfrau verlassen kann.‘

‚Wie meinst du das?‘, fragte ich. ‚Und warum hast du gesagt, du *warst* Fionas Freund? Vor zwei Tagen war sie doch noch total verliebt!‘

Der Selkie nickte traurig. ‚Ja, aber gestern ist sie einfach nicht zu unserem üblichen Treffpunkt gekommen. Ich glaube, sie findet mich langweilig, weil ich mich ja nicht mehr in einen Menschen verwandeln kann.‘ Einen Moment lang schwieg er bedrückt, ehe er hinzufügte: ‚Aber schaut mal her!‘ Angestrengt schloss er die Augen, so, als horchte er tief in sich hinein. Erst passierte gar nichts und Flynn warf mir über seine Fuchsschnauze hinweg einen verwirrten Blick zu. Ich wollte ihm gerade die Sache mit Fiona erklären – da merkte ich plötzlich, dass der Selkie sich verändert hatte. Sein Gesicht wirkte nun etwas länglicher und an den Seiten des Kopfes, wo bisher nur kleine Öffnungen gewesen waren, begannen Ohren zu wachsen.

Voller Begeisterung tänzelte ich hin und her. ‚Du kannst wieder die Gestalt wechseln!‘, jubelte ich.

Der Selkie öffnete die Augen und schlagartig sah er wieder wie ein ganz normaler Seehund aus. ‚Noch nicht ganz‘, sagte er bescheiden. ‚Meine Kräfte kommen nur langsam zurück, aber ich habe mich sicher bald erholt. Was auch immer mich da beim Schwimmen erwischt hat, war nicht stark genug, um dauerhaften Schaden anzurichten!‘

‚Beim Schwimmen?‘, wiederholte Flynn, der sich wohl große Mühe gab, das alles zu begreifen. ‚Du meinst, es könnte irgendetwas im Wasser gewesen sein, das deine Magie beschädigt hat?‘

Auch ich stellte verblüfft die Ohren auf. Vielleicht war das Ganze ja keine Krankheit, sondern eine Art allergische Reaktion …

‚Ja, es muss mit dieser seltsamen, trüben Flüssigkeit zu tun haben, durch die ich geschwommen bin‘, erzählte der Selkie. ‚Auf einmal wurde ich ganz müde und schwach. Nachdem ich mich an Land geflüchtet hatte, zeigte sich, dass ich in meiner Seehundgestalt feststeckte. Die körperliche Schwäche war schnell wieder verflogen, aber meine Wandlerfähigkeit ist bis heute betäubt.'

‚Gibt es hier in der Nähe eine Fabrik, die Abwässer ins Meer leitet?', fragte Flynn, während er mit seinem buschigen Schwanz auf den Boden klopfte.

‚Eigentlich nicht', erwiderte ich, ‚aber manchmal lassen große Schiffe auch giftiges Zeug ab. Hast du eines gesehen, Robert?'

Der Selkie stieß ein kurzes, heiseres Kläffen aus. ‚Mir ist nur ein kleiner Kutter aufgefallen – gerade als ich anfing, so schwach zu werden. Er lag bei einer winzigen Felseninsel vor Anker. Ich hab mich noch gewundert, weil da so viel Rauch oder Dampf aus dem Schornstein kam …'

Für die Dauer einiger Herzschläge war ich wie versteinert. Finbar hatte doch auch von einem Fischkutter erzählt! Er musste beim Vorbeifliegen mit den Dämpfen in Berührung gekommen sein und der Selkie war durchs Abwasser geschwommen. Aber warum hatte das so eine seltsame Wirkung auf Fabelwesen? Und was ging bloß auf diesem Kutter vor sich?

Flynn riss mich aus meinen Gedanken. ‚Kannst du uns den Weg dorthin beschreiben?', fragte er den Selkie.

‚Meine Freunde führen euch sicher gerne hin.' Robert

nickte zu den Seehunden hinüber, die immer noch auf dem Felsen lagen. ‚Sie besitzen keine Magie. Also können sie höchstens etwas müde werden, aber sonst droht ihnen keine Gefahr.'

Ein Schaudern lief durch meinen Körper, von der Schnauze bis zur Schwanzspitze. Sollten Flynn und ich uns wirklich an den Kutter heranwagen? *Wir* waren schließlich magische Wesen! Doch irgendjemand musste dieser Sache auf den Grund gehen. Wir würden uns eben so gut wie möglich von giftigem Dampf und Abwasser fernhalten.

‚Morgen Nacht?', fragte ich.

‚Morgen Nacht', wiederholte der Selkie. ‚Sie werden hier auf euch warten.' Nach diesem Versprechen kehrte er ins Wasser zurück und schwamm aufs dunkle Meer hinaus.

12. KAPITEL

Ein schwimmendes Geheimnis

Noah wirkte nicht erfreut, als ich ihn am nächsten Morgen zusammen mit Flynn weckte. Und das war sogar noch untertrieben. Um genau zu sein, machte er ein Gesicht, als hätte ich ihm einen Eimer voll Schafsmist ans Bett gebracht.

„Du?!“, fragte er und fuhr sich durch die dunklen Haare. „Weiß dein superstrenger Großvater, dass du hier bist?“

Flynn zuckte mit den Schultern. „Ich hab ihm einen Brief dagelassen, in dem steht, dass ich Ruby besuche.

Grandpa wird zwar nicht erfreut sein, aber daran kann ich jetzt auch nichts ändern."

„Wann bist du denn hier aufgekreuzt?", fragte Noah finster.

„Gestern Abend." Mit verschränkten Armen lehnte sich Flynn gegen die Tür, die wir geschlossen hatten, um Winnie nicht zu wecken.

„Und wo hast du übernachtet? In Rubys Zimmer?"

„Auf der Pflegestation!", rief ich dazwischen. „Aber das ist doch jetzt nicht wichtig!"

Noah öffnete den Mund, als wollte er noch etwas sagen, biss sich dann allerdings auf die Unterlippe. Hastig erzählte ich, wie wir nach Flynns Mutter gesucht und dabei eine ganz andere heiße Spur gefunden hatten. „Heute nach Einbruch der Dunkelheit lassen wir uns von ein paar Seehunden zu diesem seltsamen Kutter führen und schauen ihn uns genauer an."

„Wir?" Plötzlich saß Noah kerzengerade auf seiner Matratze. „Wen genau meinst du damit?"

„Na ja", begann ich etwas unschlüssig und sah zu Flynn hinüber.

Der kniff nachdenklich die grünen Augen zusammen. „Wir wissen noch nicht genau, wie wir dort hinkommen.

Es ist mir zwar ein Rätsel, warum auf einem kleinen Fischkutter so ein Gift entsteht – aber wenn das wirklich stimmt und das Zeug ins Meer geleitet wird, sollten wir natürlich nicht schwimmen."

„Ruby schwimmt sowieso nicht", sagte Noah schroff. „Sie hat Angst vor dem Meer."

Ich nickte. „Und Fliegen wäre wegen der Abgase auch nicht ungefährlich", fügte ich hinzu.

Eine Weile schwiegen wir, bis Noah sich räusperte. „Ich wüsste einen Weg. Einen, bei dem ich auch mitkommen könnte: Wir leihen uns Liams Motorboot."

„Oh, das ist genial!" Ich klatschte begeistert in die Hände. Bauer Orins Neffe nutzte sein Boot nur hin und wieder, um zum Spaß die Küste entlangzubrettern – und den Zündschlüssel ließ er normalerweise stecken.

„Nur, damit ich das richtig verstehe", sagte Flynn. „Leihen heißt in diesem Fall klauen, ja?"

„Damit solltest *du* doch kein Problem haben", gab Noah zurück, aber es hörte sich schon nicht mehr ganz so feindselig an. Er grinste sogar ein bisschen. Wahrscheinlich fühlte er dieselbe fieberhafte Spannung wie ich.

Die Stunden bis zum Abend schienen überhaupt nicht vergehen zu wollen. Ich schlug vor, Haus und Hof für

Nanas Rückkehr zu putzen, doch weil Mrs Silverton so furchtbar pingelig gewesen war, gab es nur wenig zu tun. Also vertrieben wir uns die Zeit, indem wir ein kunterbuntes Willkommensschild für Nana malten, die Pflegetiere bespaßten und mit Schmuggel spazieren gingen. Flynn blieb dabei als Fuchs ständig in unserer Nähe. Mal ragte seine Schnauze zwischen zwei Ginsterbüschen hervor, mal sah ich seinen buschigen Schwanz direkt vor uns um die Kurve huschen. Erst als die Nacht hereinbrach, verschwand er für eine Weile. Ich ahnte, dass er einen Abstecher zum Nordstrand machte, um nach den Seehunden Ausschau zu halten. Aufgeregt stand ich an meinem Schlafzimmerfenster und starrte in die Nacht hinaus. Noah machte in der Wäschekammer vermutlich genau dasselbe. Kurz hörte ich Winnie noch im Erdgeschoss rumoren, dann kehrte Ruhe ein. Als ich es vor Ungeduld fast nicht mehr aushielt, prallte ein Steinchen gegen die Fensterscheibe. Draußen konnte ich Flynns Umrisse erahnen – er war nun wieder in Menschengestalt. Ich winkte ihm, dann flitzte ich auf Zehenspitzen zu Noahs Zimmer. „Es geht los!“, zischte ich durch die Tür.

Noah öffnete und musste sich gleich eine Hand auf den Mund drücken, um nicht zu lachen.

„Was denn?“, wisperte ich vorwurfsvoll, während er den Blick an meinem Outfit entlangwandern ließ. Ich trug wieder die schwarzen Leggings, den Männerpullover und den Schlapphut, die ich auch an meinem ersten Nachmittag mit Noah angehabt hatte. „So werde ich im Dunkeln nicht gleich gesehen!“

„Alles gut“, sagte Noah mit einem schiefen Grinsen. „Weckt bloß Erinnerungen.“ Sorgfältig schob er eine verirrte Locke unter meinen Hut, ehe er die Treppe hinunterschlich.

Auf etwas wackligen Beinen folgte ich ihm ins Freie. Flynn stand bereits am Hoftor, die Hände in seinen Jeanstaschen vergraben. Als Fuchs hatte er nicht gefroren, aber für einen Menschen konnte eine irische Sommernacht ziemlich kühl werden.

„Warte, ich hol dir schnell Nanas Regenjacke“, flüsterte ich. „Du bist zwar ein ganzes Stück größer als sie, also wird sie dir wahrscheinlich nicht gut passen, aber …“

Wortlos drehte Noah sich um und ging ins Haus zurück.

Als er wiederkam, hatte er einen Kapuzenpulli dabei, den er Flynn in die Arme warf.

„Danke, Mann“, sagte Flynn.

„Passt schon“, erwiderte Noah.

Ich verdrehte die Augen. Da waren ja sogar die Schafe gesprächiger gewesen! Aber ich beschloss, das Benehmen der Jungs nicht zu kommentieren. Stattdessen schlug ich den Weg zum Hafen ein, von Kopf bis Fuß ganz kribbelig vor Nervosität. Hoffentlich trafen wir keinen Inselbewohner – zum Beispiel Tratschtanten-Tilda, die ihren Mops spazieren führte, oder Fergus, der mal wieder Gespenster jagte …! Doch zum Glück schien ganz Patch Island bereits zu schlafen. Unbemerkt erreichten wir den Pier, an dem Cormacks Kutter sacht in den Wellen schaukelte. Wenige Meter entfernt war das Motorboot festgebunden. Wir gingen darauf zu, dann hielten wir alle drei inne.

„Zu Hause bin ich schon ein paarmal Jetski gefahren. Ich schätze, ich krieg das hin“, sagte Noah schließlich schulterzuckend.

Flynn trat einen Schritt nach vorne. „So schwierig kann das ja auch nicht sein.“

Kurz entschlossen sprang ich über den Spalt zwischen Pier und Boot und ließ mich auf den Fahrersitz plumpsen.

Ich war oft im Hafen gewesen, wenn Liam zu seinen Touren aufbrach, und hatte mir hoffentlich das Wichtigste gemerkt. Noah und Flynn lösten die Leine, dann nahmen sie mit leisem Murren auf der Rückbank Platz. Tief durchatmend drehte ich den Zündschlüssel. Das Geräusch des Motors kam mir in der nächtlichen Stille fürchterlich laut vor. Ich kurbelte am Steuerrad und drückte den Gashebel leicht nach vorne. Der Bug drehte sich zum offenen Meer.

Noah und Flynn klopften mir gleichzeitig auf die Schultern, aber ich konnte mich noch nicht entspannen. Krampfhaft hielt ich das Steuer umklammert, während wir die Insel umrundeten. Erst, als die kleine Bucht in Sichtweite kam und ich auf dem Felsen ein paar Seehunde entdeckte, wurde mein Herzschlag ein bisschen ruhiger. Die Tiere schwammen uns gleich entgegen, sodass ich nicht anzulegen brauchte. Geschmeidig glitten sie am Motorboot vorbei, reckten zwischendurch die Köpfe aus dem mondbeschienenen Wasser und tauchten dann wieder unter. Sie achteten darauf, dass wir immer einen von ihnen sehen konnten. Eine Weile fuhren wir ihnen schweigend hinterher und ich fühlte mich wie in einem seltsamen Traum. Das Meer war zum Glück viel ruhiger als in den letzten Tagen, doch die Dunkelheit und der unendlich weite Ozean hatten auch etwas Beklemmendes an sich. Irgendwann fragte Noah über das Tuckern des Motors hinweg: „Hat der Selkie gesagt, wie weit es ist?“

Ich warf einen Blick nach hinten, wo Noah und Flynn mit ernsten Mienen auf ihren Plätzen saßen, und schüttelte den Kopf. Auch ich hatte nicht mit so einer langen Fahrt gerechnet. Das kleine, alte Motorboot wäre einem Sturm auf hoher See niemals gewachsen, deshalb kurvte Liam damit nur in der Nähe der Küste herum. Was, wenn das Wetter schlechter wurde? Oder wenn uns auf der Rückfahrt der Sprit ausging? Beim Gedanken an Nana, die ahnungslos in der Klinik lag, spürte ich einen Kloß im Hals. Fröstelnd wandte ich mich wieder nach vorne und stellte fest, dass die Seehunde langsamer geworden waren. Ihre Bewegungen wirkten verändert – irgendwie schwerfälliger.

„Seht doch mal!“ Flynn beugte sich über die Lehne meines Sitzes und zeigte auf einige Zacken, die sich undeutlich gegen den Nachthimmel abhoben. Das musste die Felseninsel sein, von der uns der Selkie erzählt hatte! Mit zusammengekniffenen Augen spähte ich in die Dunkelheit, dann entdeckte ich den Kutter. Er lag fast ganz verborgen zwischen zwei langen Felsvorsprüngen. Wahrscheinlich hätte ich ihn gar nicht bemerkt, wäre nicht weißlicher Rauch aus seinem Schornstein gestiegen.

Hastig stoppte ich den Motor und auch die Seehunde hielten inne. Merkwürdig benommen dümpelten sie neben uns im Wasser, bis einer von ihnen ein leises Geräusch von sich gab. Im nächsten Moment machten alle kehrt und schwammen träge davon.

Meine Zähne begannen zu klappern und daran war nicht nur die kalte Nachtluft schuld. Jetzt waren wir völlig auf uns allein gestellt. Wir trieben wie in einer Nussschale auf dem Ozean, nur einige Meter von einem Kutter entfernt, auf dem wer weiß was vor sich ging …

„Von hier aus können wir überhaupt nichts erkennen“, murmelte Flynn hinter mir. „Ich glaube, ich fliege mal hinüber. Als kleine, schwarze Sturmschwalbe – so bin ich ganz unauffällig. Und wenn ich weit genug unten bleibe, erwischt mich dieser seltsame Rauch hoffentlich nicht.“

Ich schluckte den Kloß in meiner Kehle runter. „Bin dabei“, sagte ich mit möglichst fester Stimme. „Passt du so lange aufs Boot auf, Noah?“

Zu meiner Überraschung schüttelte Noah heftig den Kopf. „Wieso musst du unbedingt mit?“

„Ich kann Flynn das doch nicht allein machen lassen!“, protestierte ich. „Wenn du ein Pooka wärst, würdest du mich sicher auch begleiten wollen, oder?“

„Klar, aber das ist was anderes.“

„Warum denn?“, fragte ich, schon ein bisschen ungeduldig. „Weil Flynn auf sich selbst aufpassen kann, aber ich nicht?“

„So hab ich das überhaupt …“, setzte Noah an, sprach allerdings nicht weiter. Mit hochgezogenen Schultern saß er auf der Rückbank und starrte finster zum Kutter hinüber. Plötzlich tat er mir leid – wahrscheinlich fand er die Vorstellung, als Einziger zurückzubleiben, nicht gerade angenehm.

„Wir schauen uns nur ganz kurz um“, versprach ich, bekam aber keine Antwort. Hilfe suchend drehte ich mich zu Flynn, der einfach leise zu zählen begann. Auf *drei* schlossen wir gleichzeitig die Augen und ich stellte mir vor, welche Gestalt ich annehmen wollte. Zum Glück hatte ich schon viele Schwalben aus der Nähe beobachtet, also wusste ich genau, wie sie aussahen und sich bewegten. Prompt wurde die Kälte der Nacht von diesem seltsamen Brennen abgelöst, mit dem jede Verwandlung anfing. Mein Körper verformte sich und wurde immer kleiner, beinahe so, als würde er schmelzen. Als nach einigen Sekunden das Glühen in meinen Adern verebbte, öffnete ich die Augen und zuckte zusammen. Das Motorboot erschien mir plötzlich so groß wie ein Schiff! Auch Noah wirkte dermaßen gigantisch, dass ich fast Angst vor ihm bekam. Übrigens konnte ich gleichzeitig ihn *und* den Kutter im Blick behalten, denn meine Augen befanden sich jetzt seitlich am Kopf. Das war vielleicht ein schräges Gefühl!

‚Alles in Ordnung?', tönte Flynns Stimme durch meine Gedanken. Er kam über die Rückenlehne geflattert und landete neben mir. ‚Weißt du eigentlich, wie man fliegt?'

‚Als Fliege hat's geklappt', sagte ich, während ich meine Schwingen ausbreitete. ‚Aber ich glaube, das hier wird mir besser gefallen.' Ich stieß mich mit aller Kraft vom Motorboot ab.

13. KAPITEL

An Bord des Kutters

Endlich frei!

Das war das Erste, was mir durch den Kopf schoss, während ich mich in die Lüfte schwang. Dabei war ich ja gar nicht eingesperrt gewesen. Aber noch nie zuvor hatte ich mich so leicht und unbeschwert gefühlt! Am liebsten hätte ich ein paar Runden um das Motorboot gedreht, um meine Flügel ausführlich zu testen. Nur mühsam erinnerte ich mich daran, wieso ich gerade ein Federkleid trug. Auf der Suche nach Flynn drehte ich meinen Kopf einmal fast ganz rundherum – ja, das konnte ich! – und entdeckte ihn am Rand des Motorboots. Offensichtlich hatte er gewartet, bis ich mich ein wenig an das Fliegen gewöhnt hatte. Nun flatterte er ebenfalls los, wobei er sich gerade so weit über dem Meer hielt, dass er nicht mit den Wellen in Berührung kam. Zum Glück war er auch in Vogelgestalt vernünftig genug, um sich an die giftigen Dämpfe zu erinnern. Ich schoss hinter ihm her, innerlich jauchzend vor Vergnügen.

Die Angst stieg erst wieder in mir hoch, als wir den Fischkutter erreichten. Er sah völlig harmlos aus, aber ich spürte, dass mit ihm etwas nicht in Ordnung war. Wäre das hier ein gruseliger Film gewesen, hätte ich mich in diesem Moment wahrscheinlich an Nana gekuschelt oder mir die Hände vor die Augen gehalten. Aber Nana war weit weg und ich hatte ja dummerweise beschlossen, in diesem Film mitzuspielen.

Wir landeten nebeneinander auf der Reling und ich plusterte mich ein wenig auf, um mir selbst Mut zu machen. Trotzdem wäre ich vor Schreck fast rücklings ins Meer geplumpst, als sich die Tür des Führerhäuschens öffnete. Nacheinander schoben sich vier Männer ins Freie – große, stämmige Matrosen in Jeans, Rollkragenpullovern und klobigen Stiefeln. Ich fand es erstaunlich, dass sie überhaupt zusammen in die Kabine gepasst hatten. Und wie konnten sie alle hier auf dem Kutter wohnen, zusätzlich zum Kapitän? In der Kajüte gab es nie im Leben genügend Schlafplätze für so viele Menschen.

Während ich mir darüber noch den Kopf zerbrach, schlenderten die Männer zur Reling und einer von ihnen kramte eine Packung Zigaretten hervor.

„Hat jemand mal Feuer?“, hörte ich ihn fragen.

„Nö“, kam es von einem anderen zurück. „Rauchen ist ungesund. Ich hab einen Müsliriegel.“

„Und ich hab Hunger“, sagte ein Dritter.

„Flossen weg von meinem Müsliriegel.“

Der Erste stieß einen äußerst unfeinen Fluch aus und ging zurück ins Führerhäuschen – vermutlich, um sich ein Feuerzeug zu holen. Die Tür ließ er dabei einen Spaltbreit offen.

Ich musste Flynn nur ansehen, um zu wissen, was er dachte. Schon flatterten wir beide von der Reling und hüpften zum Führerhäuschen. In Menschengestalt hätten wir dabei furchtbar gepoltert, doch unsere Vogelfüßchen machten auf den Planken kaum ein Geräusch. Flynn erreichte den Türspalt als Erster und spähte hindurch.

‚Er ist nicht da drin', meldete er nach ein paar Sekunden.

‚Wie kann das sein? Wir haben doch genau mitbekommen, dass er reingegangen ist!'

‚Jedenfalls sehe ich ihn nirgendwo. Aber … da ist eine Öffnung im Boden!'

Ich schob mich an Flynn vorbei durch den Spalt und er hopste mir hinterher. Das Führerhäuschen wirkte innen genauso normal wie außen. Auch die Bodenklappe hätte mich wohl kaum misstrauisch gemacht – wären da nicht die Stimmen gewesen. Sie klangen, als kämen sie von ziemlich weit unten. Vorsichtig näherten wir uns der Öffnung und spähten hinein. Eine Treppe führte mindestens zwanzig Stufen abwärts, wo sie in einen hell erleuchteten Gang mündete. Einen Fischkutter mit so viel Tiefgang gab es doch nicht! Mir fiel nur eine einzige mögliche Erklärung dafür ein: Feen hatten dieses Schiff größer gezaubert, genau wie unseren Schuppen am Nordstrand. Aber wieso hatten sie das gemacht? Normalerweise ließen sich Feen nur dazu herab, Menschen einen Gefallen zu tun, wenn sie selbst einen Vorteil davon hatten …

Flynn zuckte nervös mit seinem gefiederten Kopf. ‚Sollen wir da runter?'

‚Ja, schnell, bevor der Matrose zurückkommt.' Obwohl ich viel lieber Reißaus genommen hätte, breitete ich die Flügel aus und flatterte durch die Öffnung. Am Ende der Treppe landete ich auf hellgrauem Boden aus Kunststoff, der viel besser in ein Krankenhaus gepasst hätte als auf ein Boot. Magisches Licht erhellte beschriftete Türen zu beiden Seiten des Flurs. Erleichtert stellte ich fest, dass ich auch als Sturmschwalbe lesen konnte, wenn auch nicht besonders gut. Ich brauchte meine ganze Konzentration, um die Wörter an den Türen zu entziffern: KAJÜTE, LAGER und KOMBÜSE. Aber es gab auch Türschilder, die ich auf einem Fischkutter niemals erwartet hätte: LABOR zum Beispiel oder UNTERSUCHUNGSRAUM. An dem letzten Wort buchstabierte ich so lange herum, bis Flynn mich mit dem Schnabel in die Seite stupste. Da erst spürte ich eine leichte Erschütterung des Bodens. Schritte! Uns blieb gerade genug Zeit, um hinter einem silbernen Papierkorb in Deckung zu gehen. Nur eine Sekunde später trat ein Mann aus einer der Kajüten und ich wusste schon auf den ersten Blick, dass er der Kapitän sein musste. Er trug eine weiße Uniformjacke, hatte sein dunkles Haar straff zur Seite gekämmt und sein Gesicht perfekt rasiert. Obwohl er eher schmal gebaut war, kam er mir viel bedrohlicher vor als die Männer an Deck. Das lag nicht nur an seinem Aussehen oder an seinem entschlossenen Gang – auf seiner Schulter saß obendrein ein großer, glänzender Rabenvogel.

Ängstlich presste ich mich an den Papierkorb. Als kleine Sturmschwalbe fand ich Raben kein bisschen sympathisch und auch der menschliche Teil in mir war von dem Anblick irritiert. Klar, der alte Fergus ließ Meinsmeins auch gern auf seiner Schulter sitzen, aber eine Möwe hatte längst nicht so etwas Einschüchterndes an sich wie ein großer Rabe.

„Dann wollen wir mal, Hugin“, sagte der Kapitän zu dem Vogel. Das H in seinem letzten Wort hörte man kaum, weil er einen leichten französischen Akzent hatte.

Flynn rückte näher an mich heran. ‚Wie der Rabe vom nordischen Gott Odin‘, kommentierte er, doch ich war zu nervös, um zu antworten. Mit pochendem Vogelherzen beobachtete ich den Kapitän, der geradewegs auf uns zukam. Über nordische Götter wusste ich nicht viel, aber eines stand für mich fest: Dieser Typ schien sich ziemlich wichtig zu finden, wenn er so einen Namen für sein Tier ausgesucht hatte. Seine Arroganz war aber unser Glück. Weil er das Kinn nach oben gereckt hielt, bemerkte er die beiden kleinen Vögel am Boden nicht. Vor dem Untersuchungsraum blieb er stehen und öffnete die Tür. Flynn und ich hüpften blitzschnell hindurch. Erst danach wurde mir bewusst, dass wir jetzt mit dem Kapitän in einem Raum festsaßen. Solange wir Schwalben waren, konnten wir uns jedenfalls nicht aus dem Staub machen. Verflixt, in Tiergestalt dachte ich eindeutig zu wenig nach!

„*Eh bien,* mach es dir bequem“, sagte der Kapitän und ich ahnte, dass er den Raben irgendwo abgesetzt hatte. Sehen konnte ich von meiner Position aus nicht viel. Gleich hinter der Tür stand nämlich ein Schreibtisch mit geschlossener Rückwand und versperrte mir die Sicht. Zentimeter für Zentimeter trippelten Flynn und ich daran entlang, während der Kapitän weitersprach.

„Wie geht es dir heute? Hast du vielleicht Lust, ein bisschen für mich zu singen? Nur ein klitzekleines Lied!“, sagte er in einschmeichelndem Ton.

Unwillkürlich sträubte ich mein Gefieder. Dieser Typ hatte eindeutig nicht alle Tassen im Schrank! Ein singender Rabe wäre doch vollkommen …

„Ich kann nicht“, schallte eine hohe Stimme durch den

Raum. „Das müsstest du doch am allerbesten wissen, Menschenmann!"

Vor Schreck hätte ich beinahe ein Pfeifen ausgestoßen. Die Stimme kam mir bekannt vor, aber ich täuschte mich sicher. Das konnte – nein, das *durfte* einfach nicht wahr sein!

„Und wenn ich dir verspreche, dich danach freizulassen? Wäre das eine gute Motivation?", säuselte der Kapitän. „Du hast doch sicher riesengroße Sehnsucht nach dem Meer …"

Als ich das hörte, vergaß ich auf einen Schlag jede Vorsicht. So schnell ich konnte, hüpfte ich bis zur nächsten Ecke und spähte am Schreibtisch vorbei. Mitten im Raum stand eine große metallene Wanne. Der Kapitän hatte sich breitbeinig davor aufgebaut, doch ich sah trotzdem grüne Haare über dem Wannenrand.

Grüne Haare und ein wohlbekanntes Gesicht. Fiona! Hitze schoss durch meinen Körper und ich bemühte mich verzweifelt, sie zu unterdrücken. *Nicht verwandeln, bitte jetzt nicht verwandeln*, beschwor ich mich selbst, aber ich konnte mich nicht beruhigen. Der Anblick der gefangenen Meerjungfrau war einfach zu schrecklich! Ihre zarten Arme steckten in Handschellen und sie war mit einer

eisernen Kette an einen Fuß der Wanne gefesselt. Aus großen Augen schaute sie zu dem Kapitän hoch, während sie über sein Angebot nachdachte.

„Du würdest mich freilassen?“, fragte sie zögernd. „Ganz im Ernst?“

„Aber natürlich, Mademoiselle. Sobald du mir bewiesen hast, dass deine magischen Fähigkeiten zurückgekehrt sind, darfst du wieder durch den Ozean schwimmen.“ Erwartungsvoll beugte der Kapitän sich vor, die rechte Hand auf den Rand der Wanne gestützt. Den linken Arm hielt er angewinkelt hinter seinem Rücken, wie ein Kellner in einem feinen Restaurant. Leider achtete ich nicht weiter darauf – vielleicht wäre es mir andernfalls noch gelungen, Fiona zu warnen … Aber ich war in diesem Moment viel zu sehr damit beschäftigt, meine Verwandlung zu stoppen. Meine Haut kribbelte schon so heftig, als wollten die

Federn gleich darin verschwinden. Während ich mit aller Kraft darum kämpfte, eine Sturmschwalbe zu bleiben, räusperte sich Fiona. Dann begann sie, leise zu singen.

Es war kein gewöhnliches Lied und auch keine Prophezeiung. Der Text handelte von Fionas Sehnsucht nach dem Meer, von schillernden Fischen, Luftblasen unter Wasser und umherschwebendem Tang. Aber das Wichtigste war gar nicht der Text, sondern die Melodie. In jedem Ton lag ein besonderer Zauber, der Fionas Haare immer wilder zum Tanzen brachte. Ich war so gebannt, dass ich endlich kein Brennen und Kribbeln mehr spürte. Erleichtert spreizte ich die Flügel, da schnellte plötzlich die linke Hand des Kapitäns nach vorne. Ganz kurz sah ich etwas aufblitzen – eine kleine Sprühflasche, wie Flynn sie häufig am Gürtel trug. Dann ertönte ein Zischen. Was auch immer in der Flasche gewesen war, es schoss Fiona direkt in den offenen Mund.

Die Meerjungfrau hustete. Angewidert verzog sie das Gesicht, holte tief Luft und versuchte, weiterzusingen … Doch aus ihrer Kehle drang nur ein heiseres Krächzen.

Seelenruhig steckte der Kapitän das Fläschchen zurück in die hintere Hosentasche, während Fiona sich vergeblich bemühte, ihr Lied fortzusetzen. Je mehr sie sich anstrengte, desto weniger schien es zu funktionieren. Seltsamerweise klang ihre Stimme aber ganz normal, als sie rief: „Du hast es schon wieder getan, scheußlicher Zweibeiner! Dabei hast du mir doch die Freiheit versprochen! Wirbelstürme und Seepocken sollen über dein Boot kommen, bis du jämmerlich untergehst!"

Der Kapitän achtete gar nicht auf sie. Aus der anderen Hosentasche zog er nun ein Smartphone, startete mit energischem Tippen eine App und diktierte: „Testreihe zwölf, Versuchsobjekt Meerjungfrau. Wirkung einwandfrei, unerwünschte Nebenwirkungen nicht feststellbar. Versuchsobjekt kann nach Anwendung immer noch schimpfen wie ein Rohrspatz."

„Das mache ich überhaupt nicht, du aufgeblasener, giftsprühender Widerling!", schimpfte Fiona und zerrte an ihren Handschellen. „Lass mich sofort raus oder es wird dir noch leidtun!"

Unbeeindruckt griff der Kapitän nach der Abdeckung, die am Wannenrand befestigt war, und ließ sie über die Wanne fallen. Die Stimme der Meerjungfrau war jetzt kaum noch zu hören. Wahrscheinlich bekam die arme Fiona gar nichts mehr mit. Trotzdem wechselte der Kapitän ins Französische und diktierte noch ein paar Sätze, bis sein Handy zu läuten begann. Mit sichtlichem Widerwillen nahm er den Anruf entgegen.

„André Lavall“, meldete er sich und verdrehte nach einer kurzen Pause die Augen. „Ach, Sie sind es. Bitte verderben Sie mir nicht die Laune, ich hatte gerade ein Erfolgserlebnis. Die Versuchsreihe ist so gut wie abgeschlossen. Ein, zwei Tests brauche ich vielleicht noch, dann bin ich am Ziel. Ist denn alles bereit für den Einundzwanzigsten?“

Wieder schwieg er einen Moment, um dem Anrufer zuzuhören. Dann fragte er in scharfem Ton: „Wie schwer ist es zu begreifen, dass Sie mir *nicht* die Laune verderben sollen? Ja, ich weiß, dass Sie nicht dorthin wollen. Aber in Ihrer derzeitigen Lage können Sie es sich wohl kaum leisten, meinen Auftrag abzulehnen!“

Diesmal schien die Antwort nach Lavalls Wünschen auszufallen, denn er nickte zufrieden. Kurz darauf wurde seine Miene wieder finsterer. Er stampfte zu einem Schrank auf der anderen Zimmerseite hinüber und begann, seltsame Kleidungsstücke herauszuholen: einen weißen Overall, Gummihandschuhe, einen Mundschutz und etwas, das so ähnlich wie eine Taucherbrille aussah. „Also wirklich, inzwischen sollten Sie wissen, wie das funktioniert", knurrte er, das Handy zwischen Ohr und Schulter eingeklemmt, während er in den Overall stieg. „Alles muss man selbst machen! Aber von mir aus, ich komme gleich ins Labor. Zum Ausgleich kümmern Sie sich aber bitte um das magische Viehzeug. Sie wissen ja, dass ich mit diesen Kreaturen nicht mehr als unbedingt notwendig zu tun haben will!" Mit diesen Worten beendete er das Gespräch, steckte das Handy in die Hosentasche und zog den Reißverschluss vom Overall hoch. Dann marschierte er aus dem Untersuchungsraum.

Sobald sich die Tür geschlossen hatte, kam Flynn neben mich gehüpft. ‚Ruby, bist du okay? Du zitterst ja!'

‚Hast du nicht gehört, was er gesagt hat?', rief ich aus. *‚Das magische Viehzeug!* Auf diesem Kutter muss es noch mehr Gefangene geben!' Entsetzt starrte ich wieder zu der Wanne hinüber und ich konnte mir gut vorstellen, dass Fiona unter dem Deckel weinte.

‚Warte, was hast du vor?', hörte ich Flynn in meinem Kopf, als ich die Augen schloss.

Widerwillig öffnete ich ein Auge wieder. ‚Na, was wohl? Ich verwandle mich zurück! Wir müssen den Fabelwesen doch irgendwie helfen', erklärte ich, während ich ungeduldig hin und her trippelte.

Flynn sprang mir in den Weg. ‚Das will ich doch auch', sagte er und schaute mich eindringlich an. ‚Aber es geht nicht! Mal abgesehen davon, dass die Meerjungfrau angekettet ist – wie sollen wir die anderen Gefangenen unbemerkt finden *und* in Sicherheit bringen? Wir können froh sein, wenn wir es selbst hier rausschaffen!'

Niedergeschlagen zog ich den Kopf ein. So schwer es mir auch fiel, ich musste Flynn recht geben. Als Menschen würden wir sofort entdeckt werden und als Vögel konnten wir niemanden retten. Wir waren ja noch nicht mal in der Lage, Türen zu öffnen!

‚Ich hab eine Idee', sagte ich schließlich. ‚Im Schrank sind doch sicher noch mehr Schutzanzüge. Wie wäre es, wenn wir uns mit denen verkleiden?'

‚Du bist viel zu klein, um als Crew-Mitglied durchzugehen. Aber ich könnte es versuchen.' Jetzt schloss Flynn die Knopfaugen und ich vermutete, dass er seinen Einmaleins-Trick anwandte. Wieder fand ich es erstaunlich, dass er sich auf diese Art so schnell zurückverwandeln konnte. Schon kroch er als Junge auf allen Vieren hinter dem Schreibtisch hervor.

Im nächsten Moment zeigte sich, dass uns ein schlimmer Fehler unterlaufen war. Wir hatten Lavalls Raben vergessen! Er saß auf einer Art Garderobenständer neben der Wanne und bisher schien er friedlich vor sich hin gedöst zu haben. Als Flynn an ihm vorbeiging, schreckte er allerdings aus dem Schlaf. Kurz saß er noch da wie ausgestopft, doch kaum hatte Flynn den Schrank erreicht, kam Leben in den Raben. Er breitete die Flügel aus, flatterte wild und begann zu krächzen. Allerdings waren es keine Worte in Tiersprache, sondern einfach nur aufgeregtes Geschrei. Der Rabe versuchte anscheinend, Flynn zu verscheuchen oder Alarm zu schlagen. Unglaublich – nie zuvor hatte ich einen Vogel gesehen, der sich wie ein Wachhund benahm! Ich konnte mich auch nicht daran erinnern, dass ich mich je ernsthaft über ein Tier geärgert hätte, doch nun sträubte ich vor Wut mein Gefieder. Wenn dieser verflixte Rabe so weiterlärmte, würde Lavall sicher gleich zurückkommen!

Hektisch öffnete Flynn den Schrank und zerrte ein Paket mit Schutzkleidung hervor. In seiner Eile verhedderte er sich beinahe in den Hosenbeinen des Overalls. Gerade hatte er Brille und Mundschutz angelegt, da klopfte es an der Tür.

„Mr Lavall?" Ohne auf eine Erlaubnis zu warten, streckte ein Mann den Kopf herein. Es war einer von den Matrosen, die wir kurz davor gesehen hatten. Bei seinem Anblick verstummte der Rabe und Flynn stand wie angewurzelt zwischen Sitzstange und Schrank. „Äh, wir wollten fragen, ob wir noch ein bisschen an Deck bleiben können", sagte der Mann. „Ist ja gerade kein Schiff in der Nähe oder so …"

Flynn machte eine scheuchende Handbewegung. „Ab in die Kajüten!", knurrte er mit verstellter Stimme, und als der Matrose zögerte, fügte er drohend hinzu: „*Stick salé!*"

Das hatte gesessen. Der Mann schreckte zurück, als hätte Flynn ihm eine Ohrfeige verpasst. „Ich sag's den anderen", murmelte er und eilte davon. Kurz darauf konnten wir draußen Schritte von mehreren Stiefeln hören, Türen knallten und es wurde wieder ganz still.

Flynn streckte die Hand nach mir aus. „Jetzt oder nie!"

Ich flog zu ihm und er drückte mich vorsichtig an seine Brust. Dann rannte er aus dem Untersuchungsraum, die Treppe hinauf und aus dem Führerhäuschen. Sogar durch den Overall konnte ich spüren, wie sein Herz hämmerte. An der Reling setzte er mich ab, zerrte sich Brille und Mundschutz vom Gesicht und schrumpfte auch schon zusammen.

‚Ich hatte ja keine Ahnung, dass du Französisch kannst!', keuchte ich, während er als Schwalbe zu mir auf die Reling flatterte. ‚Was hast du denn Schreckliches gesagt?'

‚Salzstange', sagte Flynn, ‚mir ist nichts Besseres eingefallen.' Er erhob sich in die Luft und wir schossen Seite an Seite übers Meer davon.

14. KAPITEL

Die Falle

Als ich am nächsten Morgen aufwachte, dachte ich einen Moment lang, es wäre alles in bester Ordnung. Die Sonne schien warm durch mein Zimmerfenster und aus der Stube ertönte das Geklapper von Geschirr. Wohlig streckte und räkelte ich mich wie eine Katze, doch der Anblick meiner Finger ließ mich erstarren.

Es sah aus, als hätte ich mit bloßen Händen Nanas Gemüsebeet umgegraben.

„O nein!“, stöhnte ich und ließ meinen Blick durchs Zimmer wandern. Der bunte Flickenteppich vor meinem Bett war angeknabbert, daneben lag meine zerbrochene Nachttischlampe und die Erde aus dem Topf meiner Zimmerpalme war überall im Raum verteilt. Ich hatte mich eindeutig wieder im Schlaf verwandelt! Davon wusste ich zwar nichts mehr, doch nun, da ich richtig wach war, stürzten andere Erinnerungen auf mich ein: Fiona in Handschellen. André Lavall und seine seltsamen Experimente. Die Fabelwesen, die wir auf dem Kutter im Stich gelassen hatten …

Kein Wunder, dass ich danach von Albträumen heimgesucht worden war! Wenigstens hatte ich in Tiergestalt nur mein Zimmer verwüstet und nicht wieder den ganzen Hof. Mit einem flauen Gefühl im Bauch lief ich an Scherben und Erdklümpchen vorbei zur Tür und stieß fast mit Noah zusammen, der gerade vom Zähneputzen kam.

„Guten Morgen“, flüsterte er. „Ich glaube, ich hab in der Nacht ein Poltern aus deinem Zimmer gehört. War das nur ein Traum oder …“

Stumm zeigte ich ihm meine schmutzigen Hände.

„Verdammt!“ Noah schaute über das Treppengeländer hinweg zur Stubentür. Es klang immer noch so, als würde

Winnie den Frühstückstisch decken, und dabei summte sie leise vor sich hin. „Ich lenk sie ab, damit du dich in Ruhe waschen kannst, okay?"

Dankbar nickte ich ihm zu, ehe ich ins Badezimmer schlüpfte. Als ich etwas später sauber geschrubbt und angezogen in die Stube kam, saßen Noah und Winnie schon beim Frühstück. Eine dampfende Tasse stand auf meinem Platz und die grauhaarige Tierärztin schaute mir erwartungsvoll entgegen.

„Koste mal und sag mir, ob er so richtig ist", empfing sie mich mit ihrem typischen kleinen Lächeln.

„Nanas Spezialtee!", rief ich aus. Jetzt wusste ich, warum ich direkt nach dem Aufwachen so seltsam zufrieden gewesen war. Der Duft von diesem Tee hatte schon immer eine beruhigende Wirkung auf mich gehabt.

„Die Kräuter sind über dem Ofen in Rekordzeit getrocknet." Winnie deutete auf eine Keksdose, die sie mit der Teemischung gefüllt hatte. „Wenn wir morgen nach der Party mit Cleo hier ankommen, könnt ihr sie gleich mit ihrem Lieblingsgetränk begrüßen."

Es fiel mir schwer, Winnies Lächeln zu erwidern. Beim Gedanken daran, dass Nana schon morgen zurück sein würde, hätte ich normalerweise einen Freudentanz veranstaltet. Aber meine Großmutter sollte sich immer noch möglichst wenig aufregen, um ihr operiertes Herz zu schonen – und wie würde sie wohl reagieren, wenn wir ihr von unserer Entdeckung erzählten?

„Iss doch was“, sagte Winnie besorgt, als ich nur schnell meine Tasse leerte und dann schon wieder aufsprang. „Du siehst aus, als könntest du ein ordentliches Frühstück gebrauchen!“

„Genau wie … ähm, die Pflegetiere“, entgegnete ich und wickelte zwei Scheiben Früchtebrot in eine Serviette. „Darf ich das auf der Pflegestation essen? Dann mache ich mich gleich an die Arbeit.“

Winnie nickte und Noah, der mich natürlich durchschaut hatte, schlang eilig sein restliches Frühstück hinunter. Dann liefen wir beide nach draußen. Auch Schmuggel kam mit und ich beschloss, dass es an der Zeit war, ihn mit unserem Gast bekannt zu machen.

Als wir die Pflegestation betraten, streckte Flynn etwas verschlafen den Kopf aus einem der Zwinger. Bestimmt war es auch für ihn keine erholsame Nacht gewesen, doch bei unserem Anblick hellte sich seine Miene auf. „Hey, ist das der berühmte Schmuggel?"

„Schmuggel, der berühmt dafür ist, kein Kuscheltier zu sein", sagte Noah warnend, als Flynn die Hand ausstreckte. Der Wolfshund ließ sich allerdings brav hinter den Schlappohren kraulen und wedelte sogar kurz mit dem Schwanz.

Noah wirkte nicht sonderlich erfreut darüber. „Besprechen wir jetzt, was wir wegen Lavall unternehmen wollen?", fragte er, während er begann, die leeren Futternäpfe der Pflegetiere einzusammeln.

Ich reichte Flynn ein Stück Früchtebrot, dann holte ich tief Luft. „Lasst uns heute Nacht wieder zum Kutter fahren. Noch später als gestern, dann schlafen Lavall und seine Crew hoffentlich. Irgendwie werden wir es schon schaffen, die Fabelwesen zu befreien!"

Zu meiner Verblüffung schüttelten die Jungs gleichzeitig den Kopf.

„Es war ein Glück, dass wir gestern heil da rausgekommen sind", meinte Flynn und Noah fügte hinzu: „Wie sollen wir überhaupt mehrere Gefangene vom Kutter wegbringen? Klar, Fiona wäre kein Problem. Aber was ist mit denen, die nicht schwimmen können? Vielleicht passen die gar nicht alle auf Liams Motorboot!"

„Also lassen wir Lavall einfach weiter an ihnen herumexperimentieren?", fragte ich und machte mich über ein Katzenklo her. Vor Aufregung hantierte ich so wild mit der Schaufel, dass der Sand nach allen Seiten spritzte. „Nana und ich haben vor den Herrschern der Feenwelt geschworen, dass wir immer gut auf alle Fabelwesen aufpassen! Okay, im Moment halten mich die meisten von ihnen für gefährlich, aber der Schwur gilt trotzdem. Wenn ich jetzt nichts unternehme, habe ich ihr Vertrauen auch gar nicht verdient! Außerdem wird sich garantiert Nana um die Sache kümmern, sobald sie davon erfährt. Dabei sollte sie sich doch in aller Ruhe erholen und …" Unvermittelt brach ich ab. „Leute, ich hab's", hauchte ich.

Mit hochgezogenen Augenbrauen schaute Noah auf das Katzenklo. „War das, was du da drin gesucht hast, so schwer zu finden?"

„Nein, ich – ich glaub, mir ist klar geworden, was Lavall vorhat!" Wie elektrisiert sprang ich auf. „Er hat doch am Handy gesagt, er müsste noch ein paar Tests durchführen. Dafür braucht er vielleicht weitere Fabelwesen! Sein

Kutter liegt jetzt schon seit Tagen hier in der Nähe vor Anker …“

„Du meinst, er hat vor, nach Patch Island zu kommen?“, fragte Noah zweifelnd.

„Ja, wahrscheinlich hat er Gerüchte gehört, dass sich hier auf der Insel manchmal Fabelwesen herumtreiben, und will jetzt neue Opfer für seine Experimente einfangen!“

„Er hat beim Telefonieren gefragt, ob alles für den Einundzwanzigsten bereit ist“, warf Flynn ein.

Noah hob die Schultern. „Aber das heißt noch lange nicht …“

„Der Einundzwanzigste ist morgen“, unterbrach ich ihn und da wurden Noahs Augen groß.

„Also … wenn fast alle Bewohner von Patch Island auf dem Festland sind“, sagte er. Der Satz schien wie eine dunkle Wolke zwischen uns hängen zu bleiben, während wir fieberhaft nachdachten. Konnte das wirklich wahr sein? Hatten wir Lavalls Plan durchschaut oder ging gerade unsere Fantasie mit uns durch?

Schließlich fasste Noah in die Bauchtasche seines Hoodies, zog sein Smartphone hervor und hielt es mir hin. „Versuch mal, deine Grandma zu erreichen, und frag sie nach ihrer Lieblingspflegerin. Du weißt schon – die angeblich das Abschiedsfest organisiert. Der Empfang ist schwach, aber ich glaube, es geht."

Zögernd griff ich nach dem Telefon. „Hoffentlich wird sie nicht misstrauisch ..." Aber noch während ich das sagte, wählte ich bereits die Nummer, die ich von meinen Anrufen in der Klinik auswendig kannte. Mit angehaltenem Atem wartete ich, bis sich die Verbindung aufgebaut hatte. Es tutete einmal, zweimal, dann –

„Hallo, wer ruft mich an?" Nana klang so fröhlich wie schon seit Tagen nicht mehr. Wahrscheinlich saß sie bereits auf ihrem gepackten Koffer und zählte die Stunden, bis sie endlich nach Hause konnte. Ich fühlte tief in meinem Inneren einen Stich, als ich daran dachte, wie viel während ihrer Abwesenheit auf Patch Island geschehen war.

„Ich bin's, Ruby", sagte ich und hoffte, dass Nana mir meine Sorgen nicht anmerkte. „Noah hat mir sein Handy geliehen."

„Oh, Süße! Du kannst dir gar nicht vorstellen, wie sehr ich mich auf dich freue", sprudelte Nana los. „Auf euch alle! Wahrscheinlich werde ich sogar den alten Fergus abknutschen, wenn ich ihn in die Finger kriege." Sie lachte und ich warf den Jungs einen gequälten Blick zu. Dann gab ich mir einen Ruck.

„Aber – wirst du denn gar nichts an der Klinik vermissen?", fragte ich stockend.

„Na ja, es war schon ganz in Ordnung hier", räumte Nana ein, „aber die Gymnastik gibt mir längst nicht so viel Schwung wie eine Jagd auf Bauer Orins verrückten Bock. Kein Klinikmenü ist besser als das Essen bei Brenda oder Kathleen und niemanden hier finde ich liebenswerter als die Leutchen von Patch Island."

Das war ein perfektes Stichwort. „Niemanden? Auch nicht Miss Everly?", fragte ich, froh darüber, dass mir der Name gerade noch rechtzeitig eingefallen war.

„Wer?"

Nanas kleine, unschuldige Frage traf mich wie ein Schwall kaltes Wasser. Obwohl ich es bereits geahnt hatte – obwohl ich *wusste,* dass Lavall absolut alles zuzutrauen war, musste ich mich erst einen Moment sammeln. „Dann … bleibt es dabei, dass Cormack dich morgen abholt?", presste ich hervor.

„Na klar, ich nehme mir ein Taxi zum Hafen und dort treffen wir uns. Tschüss, meine Süße, gib Schmuggel ein Leckerchen von mir!"

„Bis morgen, Nana.“ Mit zitternden Fingern legte ich auf und gab Noah das Smartphone zurück. „Es gibt keine Miss Everly“, sagte ich, „und kein Abschiedsfest. Die falschen Einladungen stammen garantiert von Lavall.“

Noah fluchte so lange und einfallsreich, dass er damit sogar einem Kobold Konkurrenz gemacht hätte. Flynn dagegen wirkte eher verwirrt.

„Ich komm grade nicht ganz mit“, meinte er. „Dieser Franzose hat Briefe an sämtliche Inselbewohner verschickt, um sie von hier wegzulocken? Woher kennt er sie denn alle?“

„Das kann ich mir auch nicht erklären“, sagte ich und begann, unruhig zwischen den Zwingern auf und ab zu laufen. „Außerdem hab ich keine Ahnung, was er eigentlich vorhat. Ich meine, was bringt es ihm, Fabelwesen ihre Kraft zu rauben? Aber eines steht fest: Er weiß über Patch Island genauestens Bescheid. Ihm muss auch klar sein, dass einige von uns hierbleiben werden, um die Tiere zu betreuen. Deshalb hat er in den Briefen behauptet, minderjährige Besucher wären in der Reha-Klinik verboten. Er hofft, hier nur auf Kinder zu treffen – also auf Gegner, mit denen er leicht fertig wird!“

„Damit hat er ja auch recht“, sagte Noah, der inzwischen mit dem Fluchen aufgehört hatte. „Wir alleine könnten fünf erwachsene Männer niemals daran hindern, die Insel zu durchsuchen. Aber wir wissen ja nun rechtzeitig Bescheid, um uns Hilfe zu holen."

„Wer sollte uns denn helfen?", fragte ich. „Kein Fabelwesen würde uns glauben, vielleicht mal abgesehen von Finbar, und der könnte Lavall höchstens mit seinem festen Finger piksen."

„Ich spreche nicht von den Fabelwesen, Ruby." Noah verstellte mir den Weg und plötzlich sah er wild entschlossen aus. „Ich meine die Menschen von Patch Island. Es wird Zeit, sie alle einzuweihen."

15. KAPITEL

Eine Insel versammelt sich

Das“, sagte ich langsam, „ist das Verrückteste, was ich je gehört habe. Und ich hab schon viel Verrücktes gehört. Der alte Fergus hat erzählt, dass zwei Elstern zusammen Glück bringen, aber eine einzelne Unglück, und dass man dann unbedingt zu ihr sagen muss: ‚Hallo, Elster, wie geht's der Familie?‘, um das Pech von sich abzuwenden.“

„Ruby“, setzte Noah an, aber ich war noch nicht fertig. „Außerdem hat mir ein Kobold mal weismachen wollen, dass er seinen Topf voll Gold auf dem Mond vergraben hat, und eine Meerjungfrau hat behauptet, bei ihrer Cousine wäre es andersrum: oben Fisch und unten Mensch … Aber das alles, *alles* war längst nicht so schräg wie dein Vorschlag, unser größtes Geheimnis auszuplaudern."

„Jetzt denk doch wenigstens kurz drüber nach!" Noah legte mir die Hände auf die Schultern und musterte mich eindringlich. „Du weißt, ich bin echt kein Weichei. Aber zu dritt wird das zu gefährlich! Stell dir nur mal vor, wie schlimm es für deine Grandma wäre, wenn dir was passiert! Das würden sich auch die Inselbewohner niemals verzeihen und sie würden sich wünschen, du hättest sie um Hilfe gebeten."

„Seh ich genauso", kam es unvermittelt von Flynn. „Leider wird Geheimhaltung in meinem Rudel viel zu wichtig genommen. Immer müssen wir alles alleine schaffen, weil es laut Grandpa zu riskant ist, andere einzuweihen. Aber wenn wir ein bisschen weniger vorsichtig wären, würde mein Dad vielleicht noch leben und Mam hätte nicht den Drang, ständig wegzulaufen."

Ich schluckte mühsam. Was die Jungs sagten, klang sinnvoll, aber in mir sträubte sich immer noch alles gegen Noahs Vorschlag. Mein halbes Leben lang achtete ich nun schon darauf, dass die Inselbewohner nichts von den Fabelwesen erfuhren. Und nun sollte ich plötzlich jede Vorsicht über Bord werfen? Noch dazu, ohne das vorher mit Nana zu besprechen? Schließlich war die magische Pflegestation ihr Lebenswerk!

Als hätte Noah meine Gedanken gelesen, sagte er: „Hey, mich hast du doch auch eingeweiht. War die richtige Entscheidung, oder? Erstens sind wir jetzt ein echt gutes Team und zweitens konntest du nur so deinem Schwur folgen, immer das Beste für die Fabelwesen zu tun!"

Das stimmte. Ohne Noahs Hilfe wäre der kleine Selkie an jenem stürmischen Tag ertrunken und nun ging es sogar um das Leben *mehrerer* Fabelwesen. Wenn die Inselbewohner Lavall und seine Männer lange genug vom Kutter fernhalten konnten, hatten wir vielleicht eine Chance, die Gefangenen zu befreien. Beim Gedanken an die arme, eingesperrte Fiona spürte ich, dass ich mich auf diesen Plan einlassen musste. Trotzdem zögerte ich noch einen Moment und meinte dann zaghaft: „Aber was, wenn sich zwischen mir und den Inselbewohnern alles verändert? Die kennen mich doch schon, seit ich ein Baby war. Eigentlich sind sie wie Onkel und Tanten für mich. Wer weiß, wie sie darauf reagieren, dass ich sie jahrelang belogen habe – und dass ich noch dazu ein Pooka bin!"

Noah lächelte schief. „Jetzt komm aber, Ruby. Es gibt wohl keine tierverrückteren Menschen als die Bewohner von Patch Island! Klar werden sie sich erst mal mit dem Gedanken anfreunden müssen, dass du … na ja, manchmal vierbeinig oder geflügelt unterwegs bist. Aber ich wette, danach mögen sie dich mindestens genauso gern wie bisher."

„Hoffentlich hast du recht." Ich machte einen tiefen Atemzug, dann holte ich ein Leckerchen aus dem Futterregal und übergab es feierlich an Schmuggel. Es fühlte sich so an, als würde ich mit dieser Geste unseren Plan besiegeln. „Von Nana", sagte ich. „Es soll alles gut werden, bevor sie kommt. Und ich hoffe, sie versteht unsere Entscheidung."

Schmuggel schmatzte laut und ich beschloss, dass das nur *Aber sicher doch* heißen konnte.

„Wie stellen wir es denn am besten an?", wollte Flynn wissen. „Gehen wir einfach von Haus zu Haus und erzählen den Leuten alles?"

Noah schüttelte den Kopf. „Gerüchte machen auf Patch Island viel schneller die Runde, als wir laufen können. Am

Ende drehen alle durch, noch bevor wir die Möglichkeit hatten, die Sache in Ruhe zu erklären."

„Es gibt noch einen anderen Weg", sagte ich, ein nervöses Flattern tief in meiner Brust. „Wir berufen eine Vollversammlung ein. Die gibt es hier nur, wenn etwas wirklich Wichtiges zu klären ist. Dann müssen alle um achtzehn Uhr ins alte Schulhaus kommen, pünktlich und ohne Ausnahme."

„Perfekt", sagte Flynn, aber ich merkte, dass er genauso angespannt war wie ich. Schließlich war auch er daran gewöhnt, seine Fähigkeiten so gut wie möglich zu verbergen. Kurz nagte er an seiner Unterlippe, dann fügte er hinzu: „Am besten kreuze ich gleich in Tiergestalt dort auf. Wie organisiert man denn so eine Versammlung?"

Ich hob drei Finger und zählte daran ab: „Entweder man läutet die Kirchturmglocke oder man lässt das Horn auf Cormacks Kutter tuten *oder* ..."

Aber Noah unterbrach mich, indem er mir wieder sein Handy zuwarf. „Tratschtanten-Tilda?", fragte er und ich musste trotz meiner Aufregung grinsen.

„Richtig. Ein Anruf bei ihr genügt und sie erledigt den Rest."

Die Inselschule war seit zwei Jahren geschlossen, aber es hatte sich dort seitdem nichts verändert. Immer noch hing in einem Winkel die Landkarte, auf der Patch Island – ein kaum sichtbares Pünktchen – mit einem Glitzerpfeil markiert war; auf einem Pult stand ein uralter Computer und in einer Ecke der Tafel prangte ein Kreidebild, das Mr O'Leary mit Glupschaugen zeigte. Wahrscheinlich hatte ihn ein Schüler damit ärgern wollen, doch das Porträt gefiel ihm so gut, dass er es einfach unberührt ließ. Er hatte sogar ein Foto von sich zum Vergleich danebengeklebt.

Auf den Bänken quetschten sich pünktlich um sechs Uhr abends die Bewohner von Patch Island zusammen. Mr O'Leary hatte seine übliche Pose eingenommen: Er saß an der Kante des Lehrerpults, ein erwartungsvolles

Lächeln auf den Lippen. Im Gegensatz zu ihm schienen die meisten Inselbewohner allerdings nicht erfreut über die Vollversammlung zu sein. Schon gar nicht, als Noah und ich nach vorne traten. Wahrscheinlich hatten viele geglaubt, diese Sache wäre Tildas Idee gewesen.

„Ist das wirklich notwendig? Ich hab eigentlich keine Zeit, die Kühe müssen noch gemolken werden", brummte Bauer Orin.

„Und ich backe gerade für die Party!", erklärte Kathleen. Überflüssigerweise – denn sie hatte Mehl auf der Schürze und ein Stück Apfelschale im Haar.

„Geht es wieder darum, dass sich jemand ein Motorrad zulegen will?", fragte Brenda säuerlich. „Die einstimmige Meinung dazu lautet wohl immer noch – genau wie damals bei Liam – *Nein.*"

Liam verschränkte die Arme vor der Brust und starrte an die Decke. Beim letzten Mal hatte er geschworen, aus Protest nie wieder irgendetwas zu einer Vollversammlung beizutragen.

Unauffällig stupste Noah mich mit dem Ellenbogen an. „Du kriegst das hin", flüsterte er. „Stell sie dir einfach als zu groß geratene Kobolde vor."

Ich nickte und wischte mir die schwitzigen Hände an

den Hosenbeinen ab. Leider war ich überhaupt nicht gut darin, Reden zu halten. Meistens quasselte ich viel zu schnell oder kam meilenweit vom Thema ab. Am Ende wusste ich dann selbst nicht, wieso ich zum Beispiel über unglücklich verliebte Hähne oder die Farbe von Pferderotz gesprochen hatte.

„Einen schönen guten Abend. Danke, dass ihr so zahlreich erschienen seid“, sagte ich und fand den Einstieg gar nicht mal schlecht – ein bisschen wie von einer Fernseh-Moderatorin. Diesen Effekt machte ich aber gleich wieder zunichte, als ich die nächsten Worte einfach hinterherpurzeln ließ: „Ich muss euch etwas erzählen, das mit dem angeblichen … dem angekündigten … also, dem Abschiedsfest für Nana zu tun hat.“

„Cleo geht es doch nicht wieder schlechter, oder?“, fragte der alte Doktor Thompson stirnrunzelnd.

„Nana geht es gut, keine Sorge!“, rief ich, als einige Inselbewohner unruhig zu murmeln begannen. „Sie kommt morgen wie versprochen nach Hause. Aber es wird keine Party geben. In Wirklichkeit war auch nie eine geplant. Das Ganze ist nämlich … sozusagen … eine Falle.“

Für einen kurzen Moment blieb es mucksmäuschenstill im Klassenzimmer. Dann fuhr Mr O’Leary mit einem solchen Ruck vom Lehrerpult hoch, dass ihm sein Bleistift hinter dem Ohr hervorrutschte. „Ich wusste es!“, rief er. „Trickbetrüger! Darüber habe ich schon mal im *Patch Paper* geschrieben, erinnert ihr euch?!“

„O ja. Wir erinnern uns, dass du uns davor gewarnt hast, Anrufe von unbekannten Nummern anzunehmen. Das war die langweiligste Zeit meines Lebens“, klagte Tratschtanten-Tilda. „Irgendwann habe ich mir fast gewünscht, so ein Trickbetrüger käme mal auf ein Pläuschchen vorbei.“

„Pah“, bellte der alte Fergus. „Was sollte ein Betrüger denn hier klauen? Bunkert ihr vielleicht Diamanten in euren Gemüsebeeten?“

Wieder begannen alle durcheinanderzureden. „Chinesische Vase!“, „Wertvolle Bücher!“ und „Preisgekröntes Huhn!“, schallte es mir entgegen.

Hilfesuchend blickte ich zu Noah, der fast dieselbe Haltung eingenommen hatte wie Liam. Offenbar wollte er warten, bis es ruhiger geworden war, aber da kannte er die Leutchen von Patch Island noch nicht gut genug. Die konnten ewig so weitermachen! Vor einigen Monaten hatte eine Versammlung zum Thema *Neuer Anstrich für Cormacks Kutter* bis nach Mitternacht gedauert und war mit dem Ergebnis beendet worden, dass Blau und Weiß allen am besten gefielen. (Blau-weiß war der Kutter schon seit über zehn Jahren.)

Ich trat noch eine Weile unbehaglich von einem Fuß auf den anderen, dann ging ich zum Fenster. Als ich es öffnete, kam ein schwarzer Vogel hereingesaust und landete auf dem Lehrerpult. Mr O'Leary sprang überrumpelt zur Seite.

„Darf ich vorstellen?", fragte ich. „Das hier ist Flynn. Leider musste ich das bisher vor euch verheimlichen, aber … Nana und ich kümmern uns schon lange um Wesen wie ihn."

Verwirrt schauten die Inselbewohner mich an und Pfarrer Morland streckte die Hand aus, als wollte er mich beruhigend tätscheln. „Mein gutes Kind", sagte er sanft, „wir *wissen* doch, dass ihr Tiere pflegt."

„Nein, ihr versteht das falsch! Flynn mag vielleicht aussehen wie eine Schwalbe, aber das täuscht. Er hat besondere Fähigkeiten, seht bitte selbst!" Ich machte eine ausladende Geste, fast wie eine Malerin, die ihr neuestes Kunstwerk präsentiert.

Die Sturmschwalbe blieb reglos und mit aufgeplusterten Federn auf der Tischplatte sitzen, so als wäre sie ein ganz normaler, eingeschüchterter Vogel. Ich ahnte, dass Flynn gerade schlimmes Lampenfieber hatte – schließlich war er es nicht gewöhnt, von einem Haufen fremder Menschen angestarrt zu werden. Zu allem Übel stieß der alte Fergus ein meckerndes Lachen aus.

„Besondere Fähigkeiten, findest du echt? Also, meine Möwe hat auch ein paar ganz tolle Tricks auf Lager. Zum Beispiel kann sie einen weißen Klecks dorthin zaubern, wo vorher noch keiner war!“

Hier und da ertönte ein Kichern, manche Inselbewohner schüttelten die Köpfe und Brenda Graham stand auf. „Wenn das nur ein kindischer Scherz sein soll“, meinte sie augenrollend, „dann können wir ja getrost alle wieder …“

„Nein, bitte wartet!“, unterbrach ich sie nervös. Als sich trotzdem immer mehr Leute von ihren Plätzen erhoben, tat ich das Einzige, was mir jetzt noch einfiel: Ich schloss die Augen und verwandelte mich. Nur ganz kurz musste ich mich konzentrieren, dann flutete schon das Brennen durch meinen Körper. Wenige Sekunden später flatterte ich als pechschwarzes Federknäuel zu Flynn aufs Lehrerpult.

Tilda stieß einen spitzen Schrei aus. Im nächsten Moment quiekte auch ihr Mops, Mr Murphy, als sie ihn panisch an ihre Brust drückte.

Mr O'Leary fummelte kreidebleich hinter seinem Ohr herum, auf der Suche nach seinem Bleistift.

Der alte Fergus angelte ein Päckchen Salz aus der Tasche seiner Jacke und warf sich eine Prise über die Schulter.

Die anderen taten gar nichts, sondern schauten bloß mit geöffneten Mündern zwischen mir und Flynn hin und her. Nie zuvor hatten sie mich auf diese Weise angesehen, noch nicht mal, als wegen mir Bauer Orins Schafbock von der Pflegestation entwischt und in die Kirche geflüchtet war. Panik erfasste mich, während ich meinen Blick über die reglosen Gestalten wandern ließ. Nur verschwommen hörte ich Flynn in Tiersprache sagen: ‚Tut mir leid, ich hab's vor Aufregung nicht so schnell hinbekommen. Aber jetzt schaffe ich es sicher, mich zu verwandeln. Auf drei?'

Ohne zu überlegen, nickte ich mit dem Kopf. Das sah bei einem Vogel wohl etwas unheimlich aus, denn von den

Inselbewohnern kam ein erschrockenes Japsen. Allerdings herrschte gleich wieder vollkommene Stille, nachdem Flynn und ich die Gestalt gewechselt hatten. Mit hochgezogenen Schultern saßen wir auf dem Lehrerpult und ich bemühte mich verzweifelt, den Kloß in meiner Kehle runterzuschlucken. Ich wollte unbedingt irgendetwas Hilfreiches sagen – etwas, das endlich dieses entsetzliche Starren beenden würde … doch da kam plötzlich Leben in Noah.

„Leute, jetzt *chillt* bitte mal!“, rief er, die Hände beschwichtigend erhoben. „Ja, Ruby und Flynn sind Pookas. Außerdem gibt es auch noch Meerjungfrauen, Feen, Kobolde und viele andere mehr. Aber Fabelwesen sind normalerweise überhaupt nicht gefährlich! Sie sind viel häufiger selbst in Gefahr – zum Beispiel morgen. Da will ein ganz fieser Betrüger und Tierquäler mit seinem Kutter hierherkommen und Fabelwesen für seine Experimente einfangen!“

„Jemand will Ruby einfangen und mit ihr Experimente machen?“

Ich fuhr herum und sah Kathleen, die ganz blass geworden war. Aber sie hatte auch einen merkwürdig störrischen Ausdruck in den Augen und ihre kurzen, rundlichen Finger ballten sich um den Saum ihrer Schürze.

„Na ja, auf Ruby hat er es wohl nicht direkt abgesehen", räumte Noah ein, „sondern er sucht ganz allgemein nach –"

„Nur über meine Leiche", fiel ihm Kathleen mit finsterer Miene ins Wort. „Pooka oder nicht, aber du bist unsere Kleine, Ruby. Unser Inselmädchen. Ich hab Cleo versprochen, gut auf dich aufzupassen, und kein Betrüger der Welt wird mich davon abhalten!"

„Ja, das kann der fiese Typ knicken", fügte Cormack hinzu.

„Dem treten wir in den Arsch", kam es von Pfarrer Morland und spätestens an diesem Punkt war ich mir ziemlich sicher, dass ich verrückt geworden war. Entweder das oder ich hatte den seltsamsten Traum aller Zeiten. Auf jeden Fall konnte ich beobachten, wie ein Inselbewohner nach dem anderen die Arme vor der Brust verschränkte oder grimmig die Fäuste schüttelte. Tilda, die ja keine Hand frei hatte, hob stattdessen Mr Murphy in die Luft und rief mit schriller Stimme: „Einer für alle, alle für einen!"

Endlich löste sich der harte Klumpen in meinem Hals und ich konnte wieder sprechen. „Ihr … ihr seid ernsthaft bereit, uns bei der Rettung der Fabelwesen zu helfen?“, stotterte ich. „Und ihr seid nicht geschockt, dass ich mich in Tiere verwandeln kann? Das hab ich selbst erst vor Kurzem rausgefunden und es war schon heftig für mich …“

Brenda Graham reckte würdevoll das Kinn nach vorne. „Ich habe sowieso immer geahnt, dass es Fabelwesen gibt. Nicht umsonst habe ich jeden Abend Milch für die Heinzelmännchen vor meine Tür gestellt!“

„Und ich habe es gewusst“, krächzte der alte Fergus. „*Wer* ist jetzt ein abergläubischer alter Zausel, hä?“

„Bitte hör auf, mir Salz ins Gesicht zu werfen“, sagte Mrs Thompson, die direkt hinter ihm saß. „Und was dich angeht, Ruby: Du könntest uns doch ganz wunderbar dabei helfen, unsere Tiere besser zu verstehen! Frag mal meine Kaninchen, warum sie das Kuschelbett nicht mögen, das ich ihnen aus meinen alten Socken genäht habe ... Aber zuerst kümmern wir uns natürlich um diesen Betrüger!“

Ich drehte den Kopf und schaute zu Flynn, der noch immer neben mir auf dem Tisch hockte. Einen Moment lang erwiderte er meinen ungläubigen Blick, dann wanderten seine Mundwinkel nach oben. Er formte ein ebenso breites Lächeln wie in der vorletzten Nacht, als er durch mein Fenster gekommen war. Gleichzeitig hörte ich Noah tief durchatmen – und da fielen alle Zweifel von mir ab. Ich begriff, dass die Bewohner von Patch Island mich nicht im Stich lassen würden. Sie konnten sich zwar über Kleinigkeiten aufregen und ohne Ende zanken, aber wenn es darauf ankam, hielten sie felsenfest zusammen.

Einer für alle und alle für einen.

Wärme strömte mir von den Wangen bis in die Zehenspitzen. Kein Verwandlungsbrennen, sondern einfach nur unendliche Erleichterung. „Danke“, brach es aus mir hervor. „Vielen, vielen Dank. Ich hatte solche Angst vor eurer Reaktion! Bisher hab ich noch nicht mal Nana erzählt, dass ich ein Pooka bin, und von dem Betrüger weiß sie auch nichts. Sie hätte sich sonst bestimmt schreckliche Sorgen gemacht … Aber ich glaube, mit eurer Hilfe wird alles gut. Was bin ich froh, dass ich euch habe!“

„Kleine, jetzt heul bitte nicht“, sagte Liam und brach damit seinen Schwur, nie wieder während einer Vollversammlung zu reden. „Ist doch klar, dass wir ein Team sind und uns gegenseitig helfen. Da kann einer von uns auch einen Fischschwanz oder drei Augen am Po haben, wär’ alles egal. Na ja, bei einem harmlosen kleinen Motorrad sieht es anders aus, aber …“

Die letzten Worte gingen in Mr O’Learys Händeklatschen unter. „Nun denn, meine Lieben, frisch ans Werk“, rief er, wie er es auch jeden Morgen während meiner Grundschulzeit getan hatte. Er ging zur Tafel, griff nach einem alten Stück Kreide und hielt es erwartungsvoll hoch. „Was wir brauchen, ist ein ordentlicher Plan. Wer von euch hat etwas Sinnvolles beizutragen?“

16. KAPITEL

Lavalls Ankunft

Am nächsten Tag zeigte sich Patch Island von seiner allerbesten Seite. Die Sonne ging an einem wolkenlosen Himmel auf und zur Abwechslung war es beinahe windstill. Während ich zusammen mit Schmuggel über den Hof zur Pflegestation lief, kam es mir so vor, als hätte sich die Insel für Nanas Rückkehr feingemacht. Normalerweise wäre ich in diesem Moment von Vorfreude erfüllt gewesen, doch stattdessen fühlte ich Angst wie einen kalten Klumpen in meinem Bauch.

Bilderbuchwetter – das bedeutete auch, dass Lavall ohne Probleme hier anlegen konnte. Dass es umso schwieriger sein würde, uns vor ihm zu verstecken. Und dass er die Insel besonders gründlich durchsuchen konnte, wenn unser Plan nicht funktionierte …

„Aber das wird er“, sagte ich mit fester Stimme zu mir selbst, während ich die Tür zur Pflegestation öffnete.

„Ha“, ertönte es hinter mir. „Soll das etwa Tiersprache gewesen sein? Die musst du aber noch üben, Fräulein Fairygale!“

Ich fuhr herum und sah … jemanden, der entfernt an den alten Fergus erinnerte. Allerdings trug er nicht seine üblichen ausgebeulten Klamotten, sondern einen Anzug aus dunklem Samt und eine gelb getupfte Fliege. Außerdem schien er nicht nur sich selbst gekämmt zu haben, sondern auch Meinsmeins, die mit seltsam geplätteten Federn auf seiner Schulter saß.

„Was denn?“, krächzte er, als ich ihn sprachlos anstarrte. „Es hat doch geheißen, dass wir uns wie für eine Willkommensparty kleiden sollen, damit dieser Lavall keinen Verdacht schöpft!“

„Schon, aber ich wusste ja gar nicht, dass du dich so verwandeln kannst!“

„Hast du gedacht, du bist die Einzige, die das schafft?“, moserte Fergus. Trotzdem wirkte er ein klein wenig geschmeichelt, während er seine Fliege zurechtrückte. Mir fiel auf, dass er ein vierblättriges Kleeblatt hineingesteckt hatte, und das fand ich ausnahmsweise sogar vernünftig – Glück konnten wir heute wirklich gut gebrauchen. Zu meiner Erleichterung verstreute er aber weder Salz, um Pech abzuwehren, noch wich er ängstlich vor mir zurück. Wie es aussah, hatte er sich schon mit dem Gedanken anfreunden können, dass ich ein Fabelwesen war. „Sind die anderen schon da oder kann niemand außer mir die Uhr lesen?“, fragte er nun in seinem üblichen schroffen Tonfall.

„Sie kommen sicher gleich. Noah beobachtet den Hafen und Flynn macht mit Winnie Frühstück für alle, während ich schnell nach den Tieren sehe.“

„Hmpf. Der Vogeljunge soll mir gleich mal ’nen Tee kochen.“ Mit diesen liebreizenden Worten drehte Fergus sich um und humpelte zum Haupthaus. Ich schlüpfte inzwischen durch die Tür, um in Rekordzeit das Morgenprogramm zu erledigen. Wir hatten momentan nur zwei gefleckte Streunerkatzen und einen von Brendas Kanarienvögeln zur Pflege, sodass es nicht besonders viel Arbeit

gab. Während ich Futter in die Näpfe füllte, konnte ich durchs Fenster beobachten, wie nach und nach immer mehr Inselbewohner eintrafen. Weil Nanas Haus nahe am Hafen lag, wollten wir hier zusammen auf Lavall warten. Für ihn und die vier Matrosen sollte es so aussehen, als wäre Patch Island menschenleer, damit sie sich in Sicherheit glaubten. Kaum waren sie an Land, würden die Inselbewohner aus ihrem Versteck kommen und die Männer umringen. Wenn alles so lief wie geplant, würden Lavall und seine Crew zu überrumpelt sein, um gleich wieder mit dem Kutter davonzufahren. Es kam darauf an, genau den richtigen Moment zu erwischen – das war die erste große Schwierigkeit. Deshalb saß Noah mit einem Fernglas auf dem Dachboden und behielt das Meer ständig im Blick.

Als ich wenig später ins Haus zurückkehrte, waren sämtliche Inselbewohner da. Sie drängten sich in der Stube zusammen, kauten an Marmeladenbroten und gaben sich Mühe, ihre schicke Kleidung nicht zu bekleckern. Eigentlich hätte es lustig und gemütlich sein können – wann hatte ich zuletzt ganz Patch Island zu Gast gehabt? –, aber man merkte, wie nervös alle waren. Da half nicht einmal Nanas Spezialtee, dessen Duft den Raum erfüllte.

„Cormack ist vor zehn Minuten losgefahren!“, verkündete Kathleen. „Ich musste ihn fast auf den Kutter schubsen, weil er uns nicht im Stich lassen wollte.“

„Aber es geht nicht anders“, erinnerte ich sie und nahm dankbar eine Tasse Tee von Flynn entgegen. „Nicht nur, weil er ja wirklich Nana abholen muss – ich wette auch, Lavall behält die Insel im Auge. Wenn es nicht so aussieht, als wären alle zur erfundenen Party gefahren, kommt er doch gar nicht erst hierher!“

„Und er darf auf keinen Fall den Verdacht haben, dass wir ihm auf die Schliche gekommen sind“, fügte Flynn hinzu. Er hatte ein bisschen Erdbeermarmelade an der Wange und die Haare hingen ihm wirr in die Stirn. Wahrscheinlich hatte er vor Aufregung genauso schlecht geschlafen wie ich, aber seine grünen Augen leuchteten. Als

Kathleen sich mit ihrem Frühstück aufs Sofa setzte, fragte er mich gedämpft: „Glaubst du, eines der Fabelwesen in Lavalls Gefangenschaft …“

„… könnte deine Mam sein?“, ergänzte ich. Flynns Lächeln verriet mir, dass ich ins Schwarze getroffen hatte.

„Wäre doch möglich, oder?“, meinte er. „Das würde jedenfalls erklären, warum sie so lange nicht nach Hause gekommen ist.“

„Bald werden wir es wissen“, sagte ich und dabei spürte auch ich einen Funken Hoffnung. Vielleicht würde ich dann endlich mit der Suche nach meinen Eltern weiterkommen …

Wir zuckten zusammen, als im Flur polternde Schritte ertönten. Gleich darauf stand Noah in der Stubentür, das Fernglas an einer Schnur um den Hals. „Er kommt!“, rief er. „Leute, der Fieslingskutter läuft gerade im Hafen ein!“

Die Reaktion war so ähnlich, als hätte man einen Fuchs in Mr O'Learys Hühnerstall gelassen. Aufgeregt flatterten die Inselbewohner durcheinander, eine Tasse ging zu Bruch und Tratschtanten-Tilda ließ ihr Brot auf den Boden fallen (natürlich mit der Marmeladenseite nach unten und *natürlich* schlabberte Mr Murphy es augenblicklich weg). Erstaunlicherweise war es der alte Fergus, der schließlich für Ordnung sorgte. Mit einem gewagten Satz sprang er aufs Sofa und klatschte in die knorrigen Hände.

„Sitz, Platz, aus!“, bellte er. „Wir müssen uns jetzt alle konzentrieren. Kinder, habt ihr den Bolzenschneider?“

Wortlos nahm ich die scharfe Zange vom Tisch, die aus Bauer Orins Werkzeugschuppen stammte, und hielt sie in die Luft.

Fergus nickte grimmig. „Gut, damit werdet ihr die Ketten der Gefangenen wohl durchschneiden können. Und ihr seid absolut *sicher*, dass euch niemand begleiten soll?“

„Zumindest eines der Fabelwesen kennt uns und wird uns hoffentlich vertrauen“, sagte ich. „Fremde Erwachsene würden den Gefangenen nur Angst machen. Ihr helft uns am besten, wenn ihr uns möglichst viel Zeit verschafft!“

„Das werden wir.“ Der alte Fergus tastete kurz nach dem Glückskleeblatt an seiner Fliege, dann breitete er die dürren Arme aus. „Alle Mann auf Position!“, kommandierte er wie ein Kapitän.

Sofort liefen wir aus dem Haus und quer über den Hof. In zwei langen Reihen duckten sich die Inselbewohner links und rechts neben dem schmiedeeisernen Tor, sodass sie von der Mauer verborgen wurden. Nur Flynn, Noah und ich versteckten uns hinter der Pflegestation. Als ich mich gegen die Hauswand presste, bildete ich mir ein, dahinter ein Winseln zu hören. Ich hatte Schmuggel vorhin in einem der Zwinger untergebracht, damit er während der Fabelwesen-Rettungsaktion in Sicherheit war. Eine absolute Ausnahme – oder eine bodenlose Frechheit, wie Schmuggel zu finden schien. Angestrengt versuchte ich, sein Jammern auszublenden und mich nur auf die Geräusche hinter der Hofmauer zu konzentrieren. Da waren Schritte … und Stimmen. Stimmen von Männern, die durcheinanderredeten, bis jemand scharf dazwischenfuhr:

„*Taisez-vous!* Seid sofort ruhig!“

Ruckartig spannten sich meine Muskeln an. Das konnte niemand anderer sein als Lavall! Ich spähte um die Ecke und sah, dass der alte Fergus warnend den Zeigefinger auf die Lippen gelegt hatte. Mit den Fingern der anderen Hand zählte er bis drei, dann stürmten alle gleichzeitig durch das Tor.

„ÜBERRASCHUNG!“

Einige Sekunden lang blieb es still – so still, als hätten sich Lavall und seine Männer beim Anblick der Inselbewohner in Luft aufgelöst. Ich glaubte schon, vor Spannung gleich explodieren zu müssen, da sagte Liam mit gespieltem Erstaunen: „Hey, ihr seid ja gar nicht Cleo und Cormack."

„Ich hab dir doch gesagt, dass sie noch längst nicht zurück sein können!", brummte Bauer Orin. „Mein lieber Neffe, du bringst uns alle ganz durcheinander."

„Aber wer seid ihr *dann?*", fragte Brenda Graham und ich malte mir aus, wie sie dabei die Hände in die breiten Hüften stemmte.

Lavall schien sich inzwischen von seiner Verblüffung erholt zu haben. In erstaunlich ruhigem Ton antwortete er: „Wir sind eine Gruppe von Ornithologen. Wissenschaftler auf dem Gebiet der Vogelkunde, Sie verstehen? Soeben kamen wir auf unserer Forschungsreise an dieser netten kleinen Insel vorbei und dachten, dass wir hier vielleicht ein paar interessante Exemplare entdecken könnten. Vor allem die Rabenvögel haben es mir angetan, die studiere ich nun schon seit Jahren."

Neben mir gab Noah ein kaum hörbares Schnauben von sich. Ich drehte mich kurz zu ihm und sah, wie er angewidert den Kopf schüttelte. Es war unfassbar, wie gut Lavall log! Hätten die Inselbewohner nicht Bescheid gewusst, wären sie garantiert auf seine Ausrede reingefallen.

„Ja … äh … Vögel habe ich auch", stammelte Brenda.

Offenbar hatte Lavalls schmierige Freundlichkeit sie ein wenig aus dem Konzept gebracht. „Wollen Sie die mal anschauen?"

„Aber nein, lassen Sie sich bitte nicht stören", wehrte Lavall liebenswürdig ab. „Wie ich sehe, haben wir Sie hier bei etwas Wichtigem unterbrochen."

„Ja, wissen Sie, unsere Inseltierärztin kommt heute von ihrer Kur zurück und wir schmeißen für sie eine Willkommensparty", erklärte Mr O'Leary. „Eigentlich wären wir zu einer Feier in der Klinik eingeladen gewesen, aber wir konnten dann leider doch nicht dorthin fahren."

„Dürfte ich fragen, wieso nicht?", fragte Lavall so unschuldig, als könnte er kein Wässerchen trüben.

„Und ob Sie das dürfen!", schaltete der alte Fergus sich ein. Jetzt kam sein großer Auftritt und ich sah in Gedanken vor mir, wie seine käferschwarzen Augen funkelten. „Zuerst hab ich heute Morgen meinen Rasierspiegel zerbrochen. Dann hab ich versehentlich meinen Stuhl umgeworfen, als ich nach dem Frühstück aufgestanden bin. Und als ich gerade zum Hafen wollte, um mit den anderen abzureisen, ist eine *einzelne* Elster vorbeigeflogen."

„Das bringt alles Pech", erklärte Doktor Thompson sachlich.

„Sorgt für Unglück“, bestätigte seine Frau.

„Ist ein ganz, ganz schlechtes Omen!“, stimmte auch Winnie in ernstem Tonfall zu.

Ich war mir sicher, dass Lavall und seine Männer nun vielsagende Blicke miteinander wechselten. Wahrscheinlich hielten sie die Leute von Patch Island nicht nur für abergläubisch, sondern für vollkommen verrückt. Nach einigem Zögern sagte Lavall gedehnt: „Nun, jedenfalls wollen wir uns nicht länger in Ihre Party einmischen. Viel Vergnügen noch, wir machen uns wieder auf den Weg!“

Ein mehrstimmiger Aufschrei war die Folge. Ich konnte mir gut vorstellen, wie Brenda Graham entsetzt die Finger auf den Mund presste, wie Tildas Augen hinter den dicken Brillengläsern riesengroß wurden und wie Pfarrer Morland flehend die Hände rang.

„Das können Sie auf *gar* keinen Fall tun!“, rief Kathleen entsetzt. „Wissen Sie denn nicht, was es für Auswirkungen hat, wenn jemand eine Feier verlässt, noch bevor der Ehrengast eintrifft?“

„Nein“, sagte Lavall und nun konnte er einen säuerlichen Tonfall nicht länger unterdrücken. „Aber Sie werden sicher so nett sein, es uns zu verraten.“

„Der Ehrengast STIRBT!“ Die Stimme unserer lieben,

sanften Inselbäckerin überschlug sich, sodass sie tatsächlich ein bisschen irre klang. Dabei war sie eine der vernünftigsten Personen von Patch Island – niemand, der abergläubisch war, hätte einen solchen Satz auszusprechen gewagt. „Sie wollen doch nicht schuld daran sein, wenn unserer geliebten Tierärztin etwas zustößt?!", setzte sie noch eins obendrauf.

Ich musste mir auf die Lippen beißen, damit mir kein Kichern entschlüpfte. Im Grunde war das alles nicht zum Lachen, aber meine Freunde und Nachbarn spielten ihre Rollen einfach *so gut!* Lavall hatte keine Chance, ihnen zu entkommen.

„Hier entlang, ich bringe Sie zu meinem Gasthaus", dröhnte Brenda und bestimmt hakte sie sich bei einem der Männer ein. „Dort soll nämlich die Party stattfinden."

„Und … es werden *alle* daran teilnehmen?", erkundigte sich Lavall. Auf einmal schwang ein neuer Ton in seiner Stimme mit – etwas Tastendes, Lauerndes. Mir war klar, woran das lag: Lavall wollte sichergehen, dass niemand in die Nähe seines Kutters kam, während er sich mit den ‚Verrückten' beschäftigen musste.

„Jaja, ganz Patch Island wird dabei sein", stimmte Brenda zu.

„Na schön. Dann dürfen wir uns das wohl nicht entgehen lassen“, meinte Lavall, nun wieder so übertrieben freundlich wie zu Beginn. Schritte entfernten sich und mit ihnen das Geplapper der Inselbewohner. Auf Zehenspitzen huschten Noah, Flynn und ich zum Hoftor und schauten hinaus. Die Menschentraube hatte sich bereits ein ganzes Stück in Richtung Inselzentrum bewegt, aber ich konnte die fremden Gestalten zwischen meinen Freunden noch gut erkennen. Hastig zählte ich die Männer, dann atmete ich auf.

„Fünf – Lavall und alle Matrosen, die wir auf dem Kutter gesehen haben. Ich schätze, die Luft ist rein.“

„Nur bis dieser schmierige Typ die Geduld mit den Inselbewohnern verliert“, meinte Noah und verzog das Gesicht. „So, wie der geklungen hat, kann das nicht lange dauern.“

„Dann nichts wie los“, sagte Flynn und so schnell wir konnten, stürmten wir zum Hafen.

17. KAPITEL

Fabelwesen-Rettungsmission

André Lavall und seine Männer hatten genau dort angelegt, wo sonst immer Cormacks Kutter festgebunden war. Sacht wiegte sich das Fischerboot auf den Wellen und man hätte von außen niemals erahnen können, was für ein böses Geheimnis sich im Inneren verbarg.

Beim Gedanken an die gefesselten, eingesperrten Fabelwesen rannte ich noch ein bisschen schneller. Ich hatte den Pier gerade erreicht, da packte Flynn mich am Arm.

„Warte, Ruby", sagte er atemlos. „Mir ist da grade was eingefallen. Hat Lavall letztes Mal nicht mit jemandem telefoniert, der Hilfe im Labor wollte? Ich glaube nicht, dass das einer von den Matrosen war …"

Noah fuhr zu uns herum. „Soll das heißen, es ist vielleicht noch eine Person an Bord?!"

„Sicherheitshalber könnten ja erst mal nur Flynn und ich auf den Kutter gehen", schlug ich vor, während ich versuchte, mich genauer an das Telefongespräch zu erinnern.

Noahs Miene wurde augenblicklich finster. „Nein, ich begleite dich."

„Bitte nicht schon wieder diese Diskussion!", rief ich verzweifelt. „Begreifst du denn nicht, dass es für dich viel gefährlicher wäre als für uns? Wir könnten uns notfalls verwandeln, aber du bist ja nur ein normaler Mensch!" Kaum war der Satz draußen, da merkte ich schon, wie falsch er sich angehört hatte. *Nur ein normaler Mensch* – wieso hatte ich das gesagt? Am liebsten hätte ich die Worte wieder eingesaugt wie eine Spaghetti, die mir versehentlich aus dem Mund gerutscht war. Aber natürlich war es dafür längst zu spät.

„Alles klar", sagte Noah und seine Stimme klang irgendwie dumpf. „Dann geh ich eben zum Inselzentrum und helfe dabei, Lavall aufzuhalten. Er wird sich sowieso bald fragen, wo die minderjährigen Bewohner von Patch Island abgeblieben sind."

„Noah …"

„Nein, ist okay. Seid einfach vorsichtig." Er trat einen Schritt zurück und ich wusste, dass das Gespräch für ihn beendet war. Außerdem hatten wir keine Zeit mehr zu verlieren. Mit einem Ziehen im Bauch drehte ich mich um und folgte Flynn den Pier entlang. Als ich einen Blick über die Schulter warf, kam mir Noahs Gestalt am anderen Ende des hölzernen Stegs merkwürdig klein vor.

„Glaubst du wirklich, dass du dich bei Gefahr ohne Hilfsmittel verwandeln kannst?", fragte Flynn gedämpft, während wir den Kutter betraten.

Stumm nickte ich, obwohl ich mir nicht so sicher war. Ich wusste doch, wie schwierig es sein konnte, die Wandlerkräfte in stressigen Situationen zu kontrollieren. Mit weichen Knien betrat ich das Führerhäuschen und beugte mich über die Öffnung im Boden. Magisches Licht drang zu uns herauf, aber kein Geräusch. Das Einzige, was ich hören konnte, war das dumpfe Pochen in meinen Ohren. Ich holte tief Luft, dann begann ich, die Treppe hinunterzusteigen. Der Flur mit seinem hellgrauen Bodenbelag erinnerte mich noch mehr als beim letzten Mal an ein Krankenhaus. Vielleicht hing das auch mit dem Geruch nach Desinfektionsmittel zusammen, der mir in Vogelgestalt gar nicht aufgefallen war.

Flynn hatte das Untergeschoss inzwischen ebenfalls erreicht und wir schauten uns ratlos um. Falls sich hier noch irgendwo ein Mensch aufhielt, würde er uns mit etwas Glück nicht bemerken. Vorausgesetzt natürlich, dass wir nicht einfach jedes Zimmer betraten – aber wie sollten wir sonst die gefangenen Fabelwesen finden?

Verunsichert schlich ich weiter durch den langen Flur und ließ meinen Blick über die Türen wandern. Ich war schon ein ganzes Stück von der Treppe entfernt, da durchzuckte mich ein Gedanke. Beim letzten Mal hatte ich nur auf die Schilder geachtet und mich bemüht, die Buchstaben zu entziffern. Mir war völlig entgangen, dass sich an der Tür mit der Aufschrift LAGER ein schwerer eiserner Riegel befand. Der passte eigentlich nicht zu einem gewöhnlichen Lagerraum, sondern vielmehr zu einem Gefängnis!

Hastig gab ich Flynn ein Zeichen, damit er sich neben mich stellte. Dann schob ich beinahe lautlos den Riegel zurück und öffnete die Tür. Das Erste, was ich hörte, war ein Platschen … gefolgt von einem leisen Aufschrei. „Ruby? Ruby Fairygale?“

„Fiona!“ Mein Herz vollführte einen Satz, als ich die Meerjungfrau in einer Wanne liegen sah. Ihre Haare waren struppig und sie hatte Ringe unter den türkisfarbenen Augen. Ungläubig starrte sie uns entgegen. „Was machst du denn auf diesem Kutter?“, hauchte sie und es klang, als schwankte sie zwischen Hoffnung und Angst.

„Wir sind hier, um dich und die anderen zu befreien!“ Ich schnappte mir die Kette, mit der Fiona an die Wanne gefesselt war, und spannte sie zwischen meinen Händen. Flynn machte sich sofort mit dem Bolzenschneider daran zu schaffen. Einen Moment lang fürchtete ich, die Zange wäre nicht scharf genug – dann aber ertönte ein Knacken und Fiona war frei.

„Oh, ich danke dir, mein Junge“, jubelte sie. „Und Ruby, bitte verzeih, dass ich mich so in dir getäuscht habe! Dieses Lied hat mich komplett in die Irre …“

„Schon gut, dafür ist jetzt keine Zeit. Die Crew hat das Schiff verlassen, aber sie könnte schon bald zurückkommen!“, unterbrach ich Fiona und schaute mich hektisch um. Ursprünglich musste der Raum als Kajüte gedacht gewesen sein, denn entlang der Wände befanden sich vier Schlafkojen mit Gardinen. Bei der Koje, die mir am nächsten war, lugte ein schmales Gesicht hinter dem Stoff hervor.

„Ihr wollt uns also wirklich helfen? Das ist nicht schon wieder ein fauler Trick?“, hörte ich jemanden wispern.

Ich gab Flynn einen Wink, damit er zum Beweis die Zange hochhielt. Langsam öffnete sich die Gardine weiter, bis wir eine Frau dahinter erkennen konnten – eine Frau mit sehr langem weißblonden Haar, einem Kleid aus Moos und schillernden Flügeln. „Der Kapitän hat versprochen, er würde mich freilassen, wenn ich ihm das Schiff größer zaubere“, sagte sie und rümpfte die spitze Nase. „Doch kaum war ich fertig, hat er mich mit einem ekligen Zeug besprüht und ich konnte *gar* nichts mehr. Seitdem macht er das immer wieder, sobald ich auch nur den kleinsten Funken Magie zeige!“

„Deine Kräfte werden hoffentlich bald zurückkommen“, beruhigte ich die Fee, während Flynn ihre Fesseln zerschnitt. Mit einem erleichterten Seufzen breitete sie die Flügel aus.

„Erzähl das bitte auch dem da!“, sagte sie und flatterte zur oberen Koje.

Als sie den Vorhang zurückzog, wäre Flynn beinahe die Zange aus der Hand gefallen. Auch ich starrte erschrocken auf die graue, schimpansengroße Gestalt, die in der Koje hockte. „Was ist denn mit diesem Ghul passiert?“, fragte ich, während ich Flynn half, die Kette zu zerschneiden.

„Als sie ihn eingefangen haben, war er noch ganz normal“, berichtete Fiona von ihrer Wanne aus. „Deshalb fanden wir es nicht gerade schön, mit ihm zusammenzuwohnen. Diese glühenden Augen, das ständige Ächzen und Stöhnen und vor allem der modrige Geruch …“

„Aber dann hat Lavall auch ihm seine besonderen Kräfte geraubt“, ergänzte die Fee. „Ist kaum zu übersehen, nicht wahr?“

Ich nickte betroffen. Ghule waren normalerweise keine sehr angenehmen Zeitgenossen, aber dieser hier duftete zart nach Veilchen, seine riesigen Augen schimmerten babyblau und auf seinem ansonsten kahlen Schädel sprossen ein paar goldene Locken. Er war auf dem besten Weg, niedlich zu werden – der Ärmste. „Zermalmen“, piepste er mit einem süßen Stimmchen. „Zerfetzen! In Panik versetzen!“

„Keine Sorge, bald wird alles wieder gut. Ähm, schön grausig, meine ich. Versprochen“, flüsterte ich ihm zu. Die Fee war mittlerweile quer durch den Raum geflogen und enthüllte in den übrigen Kojen einen Käfig und zwei kleine Boxen aus Plexiglas. Der Käfig war leer, in den Boxen saßen zwei Ratten und eine Eidechse. Sie alle waren pechschwarz.

„Pookas?“, fragten Flynn und ich wie aus einem Mund.

Die Fee schüttelte den Kopf. „Ganz gewöhnliche Tiere, die Lavall verdächtig erschienen sind“, sagte sie. „Er hat sie einfangen lassen und tagelang immer wieder mit Meerwasser besprüht. Keines hat sich verwandelt, also interessiert er sich nicht mehr für sie. Nur den Raben schleppt er aus Eitelkeit gerne mit sich herum.“

Ich konnte sehen, wie Flynns Schultern nach unten sackten. Bestimmt war er furchtbar enttäuscht, dass seine Mam nicht eine der Gefangenen war. Schweigend begann er, die Tiere samt ihren Boxen aus den Kojen zu heben. Der Ghul und die Fee hievten inzwischen Fiona aus der Wanne. So etwas hatte es sicher noch nie gegeben: eine

Fee, die einer Meerjungfrau half – und einen Ghul, der *irgendjemandem* half. Aber in der Not mussten eben alle zusammenhalten. Mit vereinten Kräften trugen sie Fiona zur Tür, während sich Flynn die Rattenbox unter den Arm klemmte. Die mit der Eidechse übernahm ich. Als mein Blick den leeren Käfig streifte, zögerte ich einen Moment. Sicher hatte darin der Rabenvogel gewohnt, ehe Lavall ihn zu seinem persönlichen Haustier gemacht hatte. Ob wir ihn vielleicht in den anderen Räumen suchen sollten? Aber er hatte sich ja beim letzten Mal nicht so benommen, als wollte er gerne befreit werden …

„Ruby, nun komm endlich!", drängte Flynn. Die Fabelwesen waren bereits auf dem Flur, ich hörte die schlurfenden Schritte des Ghuls, das Flattern der Feenflügel – und noch etwas.

Ein Klackern.

Eines, das mir nur allzu bekannt war und mich vor Schreck erstarren ließ.

Kostbare Sekunden verstrichen, bis ich mich wieder bewegen konnte. Dann stürmte ich los, die Box mit der Eidechse fest an mich gedrückt. Flynn begann ebenfalls zu rennen. Wir mussten es unbedingt schaffen, die Fabelwesen einzuholen und mit ihnen durch die Falltür zu flüchten! Doch schon im nächsten Augenblick schoss eine hochgewachsene, dürre Gestalt an uns vorbei.

„Sie kommt!“, schrie Fiona panisch. „O bitte, flieg schneller!“

Und das tat die Fee. Ihre Flügel schienen zu rotieren, während sie Fiona und den Ghul die Treppe hinaufzerrte. Die dürre Gestalt blieb ihnen dicht auf den Fersen. Ich rechnete damit, dass sie die Fabelwesen auch übers Deck verfolgen würde, doch stattdessen drehte sie sich am Rand der Öffnung um und schaute mich direkt an.

„Du bleibst schön hier, Ruby Fairygale“, zischte Mrs Silverton. Dann schlug sie die Klappe über unseren Köpfen zu.

18. KAPITEL

Eine alte Bekannte

Lassen Sie uns raus!“ Ich stellte die Box mit der Eidechse auf einer Stufe ab, rannte die restliche Treppe hoch und trommelte so fest gegen die Klappe, dass meine Fäuste wehtaten. „Mrs Silverton, machen Sie sofort die Tür auf!“

Über mir erklang ein dumpfes, freudloses Lachen. „Das werde ich ganz gewiss nicht tun, du missratenes Gör“, entgegnete Mrs Silverton. „Ist dir klar, dass du meinen Ruf als Tierärztin ruiniert hast? Du und der amerikanische

Taugenichts, ihr seid schuld, dass ich jetzt auf diesem Monsterschiff arbeiten muss!“

„Aber Sie können uns doch nicht einfach hier einsperren“, protestierte ich. „Was wollen Sie denn von mir?“

„Am liebsten würde ich dir einen Denkzettel verpassen, den du nie mehr vergisst“, sagte Mrs Silverton gehässig. „Vielleicht sollte man dich so lange einsperren, bis du gelernt hast, deine Nase nicht in fremde Angelegenheiten zu stecken! Allerdings entscheide nicht ich, was weiter mit dir passiert, sondern Mr Lavall.“

Jetzt kam auch Flynn die Treppe heraufgestürmt und stemmte sich gegen die Klappe, die sich leider keinen Millimeter bewegte. „Die Inselbewohner werden Ruby bald suchen, das muss Ihnen doch klar sein!“, rief er.

Zum zweiten Mal lachte Mrs Silverton höhnisch auf. „Oh, ich glaube kaum, dass uns diese Irren ernsthafte Probleme bereiten können. Mr Lavall hat Mittel und Wege, so etwas zu verhindern.“ Das Hämmern ihrer Absätze entfernte sich und ich nahm an, dass sie das Führerhäuschen verlassen hatte. Als sie nach einer kurzen Pause etwas sagte, drang nur noch unverständliches Gemurmel bis zu uns.

Flynn drückte sein Ohr an die Klappe. „Ich glaube, sie hat Lavall angerufen“, sagte er leise, „aber sie fragt ständig, ob er sie hören kann. Der Empfang scheint sehr schlecht zu sein. Das verschafft uns noch ein bisschen Zeit!“

„Und wofür?“, flüsterte ich. „Wir können uns ja nicht mal verwandeln. Mir fällt kein Tier ein, das auf diese schmale Treppe passt, aber stark genug ist, um die Klappe aufzubrechen.“

„Mir auch nicht“, gab Flynn zu. Seufzend ging er ein paar Stufen hinunter und setzte sich zwischen die Tierboxen. „Wer ist denn diese Mrs Silverton überhaupt?“

Niedergeschlagen hockte ich mich neben ihn. „Sie hat für kurze Zeit meine Nana als Tierärztin vertreten“, erzählte ich. „Damit die Patienten sich ruhig verhalten, hat sie ihnen ganz starke Pillen gegeben. Solche, die eigentlich nur bei aggressiven Tieren eingesetzt werden sollten. Noah und ich haben es rausgefunden und Mr O’Leary hat einen Bericht über ihre Methoden an eine wichtige Zeitung geschickt. Deshalb musste sie wohl ihre Praxis schließen. Aber keine Ahnung, wie sie dann ausgerechnet an André Lavall geraten ist!“

„Wahrscheinlich hat er nach jemandem gesucht, der sich gut auf der Insel auskennt“, meinte Flynn. „Ich schätze, die falschen Einladungen und der Plan mit dem Abschiedsfest stammen von dieser Silverton. Sie war es sicher auch, die mit Lavall telefoniert hat, als wir zum ersten Mal auf dem Kutter waren!“

Ich vergrub das Gesicht in meinen Händen. „Verflixt, das hätte ich ahnen müssen“, jammerte ich. „Sie kennt natürlich alle Namen und weiß, wie gern die Inselbewohner meine Großmutter haben!“

Flynn holte tief Luft, als wollte er etwas sagen, aber es fiel ihm wohl nichts Tröstliches ein. Er wusste ja genauso gut wie ich, dass unsere Lage hoffnungslos war. Wenn Lavall erfuhr, dass wir seine Gefangenen freigelassen hatten, drehte er vor Wut ganz bestimmt durch. Was würde er dann mit uns anstellen?

Ich hatte keine Ahnung, wie viel Zeit vergangen war, als Flynn mich aus meinen düsteren Gedanken riss. Sein Körper spannte sich an und ich merkte, dass er kurz den Atem anhielt. „Ich glaube, da kommt jemand“, wisperte er. Im nächsten Augenblick ertönte ein gellender Schrei.

Flynn und ich fuhren so ruckartig hoch, dass wir um ein Haar die Treppe hinuntergestürzt wären. Über uns machte Mrs Silverton ein paar stolpernde Schritte, als würde sie vor jemandem zurückweichen. Dabei kreischte sie ungewöhnlich schrill und laut: „Sag deinem Monster, es soll mich in Ruhe lassen! *Nein! O nein! Bleibt gefälligst weg von mir!*"

Die Antwort war ein tiefes, drohendes Knurren. Es klang so gefährlich, dass selbst Flynn instinktiv den Kopf einzog – aber ich erriet, von wem es stammte. „Schmuggel!", keuchte ich und mein Herz schlug fast einen Purzelbaum. Gleich darauf hörte ich Noah in übertrieben freundlichem Tonfall sagen: „Leider hat dieses ‚Monster' heute noch gar nichts gefrühstückt. Ich würde jetzt sehr gerne mit ihm nach Hause gehen und es füttern, bevor hier ein kleines … Missgeschick passiert. Zum Beispiel könnte Schmuggel Ihren Schuh und dann auch gleich Ihre Zehen anknabbern – das möchte ich lieber vermeiden. Aber wären Sie so nett, noch schnell meine Freunde freizulassen?"

Mrs Silverton *war* so nett. Ein hektisches Scharren ertönte, dann öffnete sich die Klappe. Schmuggel und Mrs Silverton spähten zu uns herunter. Beinahe hätte Schmuggel alles verdorben, indem er ein freudiges Japsen ausstieß. Zum Glück erinnerte er sich gleich darauf wieder an seine Rolle als großes, böses Monster. Knurrend hielt er Mrs Silverton in Schach, während Flynn und ich mitsamt den Tierboxen durch die Öffnung kletterten.

Noah stand in lässiger Haltung vor der Tür zum Führerhäuschen, Schmuggels gespannte Leine in der Hand. Bei unserem Anblick leuchteten seine Augen auf, doch abgesehen davon ließ er sich seine Erleichterung nicht anmerken. „Cool", sagte er nur beiläufig zu Mrs Silverton. „Jetzt möchten Sie bestimmt nach unten gehen und sich ein bisschen ausruhen, hab ich recht?" Er ließ die Leine fallen, um sich an der Nase zu kratzen. Sofort machte Schmuggel einige Schritte vorwärts und leckte sich das Maul, als hätte er wirklich sehr großen Appetit auf ein paar Zehen.

Mrs Silverton lief dunkelrot an. Ich wusste, dass sie Noah am liebsten beschimpft und Schmuggel in den nächsten Zwinger gesteckt hätte, doch stattdessen tastete sie bloß nach ihrem rechten Unterarm. Dort war sie laut Winnie einmal von einem Hund gebissen worden, weil sie ihn zu grob behandelt hatte – einem Hund, der so ähnlich ausgesehen hatte wie Schmuggel.

„Das werdet ihr noch bereuen", zischte sie. Nach einem letzten hasserfüllten Blick in die Runde marschierte sie die Treppe hinunter und Noah warf die Klappe über ihr zu.

„Probleme sind da, um beseitigt zu werden", zitierte er

Mrs Silvertons Lieblingsspruch, während er den Riegel vorschob. Dann nahm er mir kurzerhand die Eidechse ab und ging von Bord.

„Noah, wie … wieso bist du hier?“, stammelte ich, während ich ihm zusammen mit Schmuggel hinterherlief. „Wolltest du nicht ins Inselzentrum?“

„Du hast doch einen Knall“, sagte Noah, charmant wie immer. „Ich hab natürlich ein Stück entfernt Wache gehalten.“ Er deutete auf das Fernglas, das er immer noch um den Hals trug. „Zuerst konnte ich beobachten, wie ein paar Fabelwesen ohne euch abgehauen sind, und kurz danach ist die Schreckschraube aus dem Führerhäuschen gekommen. Also dachte ich, es wäre vielleicht ganz gut, Schmuggel als Verstärkung zu holen. Auch ‚normale‘ Menschen haben manchmal brauchbare Ideen, weißt du?“

Prompt schlug meine Freude in Verlegenheit um. „Wegen dem, was ich da gesagt habe …“, begann ich, doch Noah ließ mich nicht weiterreden.

„Ach, mach dir keinen Kopf. Spendier dem normalen Menschen lieber eine Tüte Sahnebonbons, dann ist die Sache vergessen.“ Er schenkte mir ein breites Grinsen und ich lächelte erleichtert zurück. Das mochte ich an ihm ganz besonders gern: Er war niemals nachtragend. Sein heiterer Gesichtsausdruck verblasste erst, als Flynn mit den Ratten zu uns auf den Pier kam.

„Danke, Mann“, sagte Flynn kurz angebunden.

„Passt schon“, entgegnete Noah schroff.

Mir fiel die Kinnlade herunter. Mussten die beiden jetzt ernsthaft wieder so kühl miteinander umgehen wie an dem Abend, als Noah Flynn den Pulli geborgt hatte?! Ein paar Sekunden verstrichen, in denen ich die Jungs nur mit halb geöffnetem Mund anstarren konnte. Wahrscheinlich sah ich dabei sehr merkwürdig aus, denn auf einmal prustete Flynn los.

„Ich meine, vielen Dank, dass du uns befreit hast. Ohne dich wären wir echt aufgeschmissen gewesen.“

„Allerdings“, sagte Noah und nun grinste er auch wieder. „Gern geschehen. Aber lassen wir die drei mal nicht länger in ihren winzigen Gefängnissen hocken, oder?“ Er zeigte auf die schwarzen Ratten und die Eidechse.

Ich nickte und griff sicherheitshalber nach Schmuggels Halsband. Die Tiere wirkten zwar gesund, aber ihre Boxen waren tatsächlich viel zu klein. Kaum hatten Noah und Flynn die Klappen geöffnet, da flitzte die Eidechse auch schon davon. Die Ratten schnupperten erst mit zuckenden Schnurrhaaren in die Luft, als könnten sie noch gar nicht glauben, dass sie nun wirklich frei waren. Als Schmuggel ein leises Brummen von sich gab – ‚Kommt schon, ihr Fellbündel, wir haben nicht den ganzen Tag Zeit!' –, huschten sie über den Pier an Land. Es war ein schöner, irgendwie feierlicher Anblick, von dem ich mich einen Moment lang wie gebannt fühlte. Den Jungen ging es wohl ähnlich, doch sobald die Ratten hinter ein paar Sträuchern verschwunden waren, sprang Noah auf.

„Sagen wir schnell den anderen, dass sie mit ihrem Theater aufhören können", meinte er. „Sie sollen Lavall gehen lassen und sich dann in Sicherheit bringen. Der französische Fiesling wird sicher ungemütlich, wenn er kapiert, dass das alles eine Falle war!"

Er rannte los und wir folgten ihm den Weg entlang, der zum Inselzentrum führte. Allerdings machte ich mir keine wirklichen Sorgen, dass noch etwas schiefgehen könnte. Wir waren frei, wir hatten die Fabelwesen gerettet und mit Lavall würden wir schon irgendwie fertigwerden. Was sollten er und seine Männer schon gegen sämtliche Inselbewohner ausrichten?

Sogar Schmuggel ließ sich von meiner Fröhlichkeit anstecken. In weiten Sätzen jagte er neben mir her und ich musste daran denken, wie ich einmal als Hund mit ihm durch die Nacht gesaust war. Das würden wir bestimmt bald wiederholen. Jetzt brauchte ich ja keine Angst mehr zu haben, dass jemand mich ertappte! Die Vorstellung, in Zukunft einfach nach Lust und Laune die Gestalt wechseln zu können, trieb mich noch weiter an. Mit wehenden Locken stürmte ich um die letzte Wegbiegung vor dem Inselzentrum, sodass die Jungen kaum hinterherkamen.

Ob Lavall wohl gerade vom alten Fergus mit abergläubischen Weisheiten bombardiert wurde? Oder zwang ihn Kathleen, jede Zutat ihres Apfelkuchens zu erraten? Es war auch gut möglich, dass Brenda ihn zum Putzen verdonnert hatte! Ein schadenfrohes Kichern blubberte in mir hoch – da merkte ich plötzlich, dass Schmuggel stehen geblieben war. Verdutzt wandte ich mich um und was ich sah, hätte Mrs Silverton garantiert zum Kreischen gebracht: Schmuggels Fell war gesträubt, sein Kopf gesenkt und zwischen seinen gebleckten Zähnen drang ein warnendes Grollen hervor.

„Was ist denn los, du verrückter Kerl?“, fragte ich. „Du brauchst dich doch jetzt nicht mehr wie ein Monster …“

Das letzte Wort blieb mir in der Kehle stecken. Soeben hatte sich die Tür des Graham’s Inn geöffnet und ein dür-

rer Mann stürzte ins Freie. Ich erkannte den alten Fergus an seinem braunen Anzug und der Schleife, die lose um seinen Hals hing. Blindlings taumelte er über die Straße, verlor fast das Gleichgewicht, fing sich wieder und stolperte dann in panischer Hast weiter.

„Haltet ihn!“, hörte ich jemanden brüllen. Das konnte nur Lavall gewesen sein – doch nicht er war es, der als Nächstes aus dem Gasthaus kam.

Für einen Moment verschlug es mir den Atem, während ich die vier schwarzen Gestalten anstarrte. Das war ein Traum, der gleich vorbei sein würde. Ein kindischer Albtraum, weiter nichts! Wie angewurzelt stand ich da, bis Noah und Flynn mich eingeholt hatten. Keiner von beiden sagte ein Wort, aber Noah machte einen stockenden Atemzug und Flynn wurde kreidebleich.

„Glaubt ihr, das sind …“, brachte ich mühsam hervor.

„Ja“, sagte Flynn tonlos. „Lavalls Männer, die sich in Panther verwandelt haben.“

19. KAPITEL

Wie man falsche Panther bändigt

Beinahe hätte ich aufgeschrien, als die vier Panther zum alten Fergus stürmten. Innerhalb weniger Sekunden holten sie ihn ein, umringten ihn und trieben ihn zum Gasthaus zurück. Als einer von ihnen brüllte, konnte ich sogar aus der Ferne seine gewaltigen Reißzähne erkennen.

Inzwischen war auch André Lavall vor die Tür getreten. Die Hände hinter dem Rücken verschränkt, stand er seelenruhig da, während Fergus ins Gasthaus gescheucht wurde. Dabei schien er irgendetwas zu sagen, was ich nicht verstand. Zur Antwort bewegte einer der Panther den Kopf ruckartig auf und ab – er nickte, genau wie ich es als Schwalbe getan hatte. Jetzt gab es keinen Zweifel mehr, dass diese Raubkatzen in Wirklichkeit die Matrosen aus Lavalls Crew waren.

Noah hatte sich als Erster von seinem Schreck erholt. Er packte meinen Arm und zog mich samt Schmuggel um eine Wegbiegung, sodass Lavall aus meinem Blickfeld verschwand. Dann gingen wir hinter einem Ginsterbusch in Deckung. Flynn ließ sich neben uns fallen, immer noch sehr blass im Gesicht.

„Die vier verschollenen Pookas", keuchte er. „Ich glaube, das könnten sie sein!"

„Aber wieso arbeiten die für den Fiesling?", fragte Noah angewidert. „Man hilft doch keinem Fabelwesenjäger, wenn man selbst übernatürlich ist!"

Ich konnte darauf nicht antworten, sondern dachte nur an die Leute im Graham's Inn. Saßen sie gerade verängstigt an den Tischen, während die Panther sie knurrend und fauchend in Schach hielten? Die Vorstellung drehte mir fast den Magen um. Nur, weil ich alle um Hilfe gebeten hatte, schwebten sie jetzt in Lebensgefahr!

„Hey, was machst du denn?“, zischte Noah, als ich mich aufrappelte. Wieder griff er nach meinem Arm und zerrte mich zurück hinter den Busch. „Du kannst doch da nicht einfach hinrennen!“

„Aber wir müssen ihnen irgendwie helfen!“, entgegnete ich verzweifelt. „Wenn ihnen etwas zustößt, sind wir schuld, weil wir sie in diese Geschichte hineingezogen haben!“

„Und wie willst du das machen? Die Panther mit Leckerchen zähmen? Sie zwischen den Öhrchen kraulen, damit sie schläfrig werden?“

Ich riss die Augen auf. „Das ist es!“

„Was? Leckerchen? Öhrchen?“ Noah schaute mich an, als hätte ich begonnen, ein Koboldlied zu trällern.

„Wir müssen die Panther zum Einschlafen bringen!“, stieß ich hervor. „Dafür brauchen wir nur den Koffer voll Sedimax, den wir Mrs Silverton geklaut haben. Da sind sogar Leberwurst-Tuben drin, mit denen man die Pillen leichter verabreichen kann. Ich wäre in Katzengestalt selbst fast drauf reingefallen! Schwierig ist nur die Dosierung, der Beipackzettel ist ja auf Französisch …“

„Ich kann ein bisschen Französisch“, warf Flynn ein.

Mit einem Ruck drehte ich mich zu ihm. „Mehr als ‚Salzstange'?"

Trotz unserer brenzligen Lage musste Flynn ein bisschen lächeln. „Ja, stell dir vor. Meine Mam spricht es ganz gut und hat mir hin und wieder was beigebracht. Keine Beschimpfungen – aber wie viel Beruhigungsmittel für ein großes Wildtier nötig ist, werde ich wohl verstehen."

Noah räusperte sich. Ich ahnte, dass er normalerweise einen spöttischen Kommentar abgelassen hätte (zum Beispiel: „Klar, du kannst dich in Tiere verwandeln, du kannst französische Beipackzettel lesen, wahrscheinlich kannst du einen Beipackzettel sogar richtig zusammenfalten."), aber er hielt sich ausnahmsweise zurück. „Dann gibt es jetzt nur noch ein klitzekleines Problem", sagte er. „Wir haben keinen Schimmer, wo der Koffer ist. Die Kobolde haben ihn versteckt, schon vergessen?"

In diesem Augenblick hob Schmuggel den Kopf. Ich wusste nicht, ob er die Menschensprache gut genug verstand, um unserem Gespräch zu folgen, oder ob das nur so wirkte. Jedenfalls machte er nun ganz leise, beinahe flüsternd: „Wuff."

Noahs Augen leuchteten auf. „Oh, stimmt ja! Wir haben Schmuggels Spürnase auf unserer Seite! Ich geh mal stark davon aus, dass er sich noch an Mrs Silvertons Koffer erinnert.“

„Und wenn nicht, könnte Flynn ihm in Hundesprache erklären, was wir brauchen!“

„Wieso denn ich?“, fragte Flynn und schaute mich prüfend an. „Hunde sind doch *dein* Spezialgebiet. Oder kommst du etwa nicht mit?“

„Nein, mir ist da noch was eingefallen“, sagte ich hastig. „Als wir Mrs Silverton auf die Schliche gekommen sind, hab ich eine Packung Sedimax eingesteckt, um sie den anderen zu zeigen. Die müsste noch irgendwo zu Hause herumliegen. Wahrscheinlich sind zu wenige Pillen drin, aber es wäre immerhin besser als nichts, falls ihr den Koffer doch nicht finden könnt.“

Weder Noah noch Flynn wirkten begeistert, aber sie protestierten nicht. Offenbar sahen sie ein, dass mein Plan sinnvoll war. „Dann treffen wir uns so bald wie möglich wieder hier“, sagte Noah. „Pass auf dich auf, Ruby.“

„Ihr auch auf euch.“ Ich kraulte Schmuggel kurz die Ohren, so als könnte mir das Glück bringen, dann liefen wir in entgegengesetzte Richtungen los. Während ich dem Weg nach Süden folgte, dachte ich angestrengt darüber nach, wo ich die Pillenschachtel hingeräumt hatte. Nach Mrs Silvertons Abreise war so viel passiert, dass ich mich an dieses Detail gar nicht erinnern konnte.

Zu Hause angekommen, durchsuchte ich als Erstes mein Zimmer, aber vergeblich. Auch im Badezimmerschrank und in der Küche konnte ich die Schachtel nicht finden. Verflixt, jetzt wäre es mal von Vorteil gewesen, so pingelig wie Mrs Silverton zu sein! Die hatte nicht nur das ganze Haus desinfiziert, sondern auch jedes Fitzelchen Essen in Plastikboxen verpackt und alles in alphabetischer Reihenfolge …

Ich schnappte nach Luft. Natürlich, der Medikamentenschrank in der Praxis! Bestimmt hatte ich das Sedimax dorthin geräumt, weil mir das am passendsten erschienen war – auch, wenn weder Winnie noch Nana diese Pillen je benutzen würden. So schnell mich meine Beine trugen, raste ich zu dem Nebengebäude, in dem sich die Praxis befand. Als ich durchs Wartezimmer stürmte, erinnerte ich mich mit Schaudern an die Bilder, die Mrs Silverton hier aufgehängt hatte. Inzwischen hatte Winnie sie entfernt, doch bei dieser Gelegenheit schien sie leider auch das Sedimax beseitigt zu haben. Soviel ich auch im Medikamentenschrank wühlte, ich konnte die Pillen einfach nicht finden.

Nachdem ich jedes Fach genau unter die Lupe genommen hatte, gab ich die Suche auf und beschloss, zu unserem Treffpunkt zurückzukehren. Mit etwas Glück waren wir ja gar nicht auf diese Packung angewiesen. Hoffnungsvoll lief ich nach draußen und als ich mich dem Hoftor näherte, glaubte ich für einen winzigen Augenblick, die Jungs würden mich dort bereits mit dem Koffer erwarten.

Dann aber sah ich, dass es nur eine einzelne Person war, die gerade den Hof betrat. Eine Person mit hoch erhobenem Kopf und weißer Uniformjacke.

20. KAPITEL

Ich stecke in der Klemme

In strammer Haltung blieb André Lavall stehen, die Augenbrauen leicht zusammengezogen. Dann hellte sich seine Miene auf. Er lächelte – fast so, als hätte er mich die ganze Zeit erwartet und wäre nun trotzdem überrascht, dass ich endlich kam.

„Nanu“, sagte er, „willst du denn gar nicht zu der Überraschungsparty?“

Ich musste schlucken, obwohl sich mein Mund staubtrocken anfühlte. „O doch“, sagte ich und versuchte, dabei vollkommen ahnungslos dreinzuschauen. „Ich musste nur noch ein bisschen aufräumen, damit alles erledigt ist, wenn meine Großmutter kommt.“

„Deine Großmutter, soso.“ Lavall legte den Kopf schief. „Nicht vielleicht deine Pflegemutter? Ich habe gehört, dass hier auf der Insel ein Findelkind lebt. Eines, das einen besonders guten Draht zu Tieren hat. Das bist wahrscheinlich du?“

Möglichst unauffällig schob ich die Hände in meine Hosentaschen, damit Lavall nicht merkte, dass sie zitterten. Wieso stellte er mir diese Fragen? Ich hatte geglaubt, er würde mich jetzt einfach zusammen mit allen anderen im Graham's Inn einsperren, damit er ungestört die Insel nach Fabelwesen absuchen konnte. Aber … vielleicht wusste er ja noch mehr über Patch Island, als wir angenommen hatten. Vielleicht hatte er sogar von der magischen Pflegestation gehört und davon, dass sich dort eine ältere Tierärztin und ein rothaariges Mädchen um Fabelwesen kümmerten!

Mir wurde klar, dass ich viel zu lange mit meiner Antwort gezögert hatte. Lavalls Mundwinkel krochen weiter nach oben, so als hätte ich seine Vermutung mit meinem Schweigen bestätigt. „Nur keine falsche Bescheidenheit“, sagte er und sein sanfter Tonfall jagte mir einen Schauer den Rücken hinunter. „Ich bin selbst ein ganz großer Tierfreund, musst du wissen."

‚Ja, deswegen stopfst du sie in viel zu enge Käfige und besprühst sie mit Meerwasser!', schoss es mir durch den Kopf. Dann erwiderte ich stockend (und leider kein bisschen überzeugend): „Das ist … schön. Tiere sind was Tolles. Und dabei fällt mir ein, dass ich vergessen habe, unseren Hund zu füttern, also …" Probehalber machte ich einen kleinen Schritt nach hinten, doch Lavall überwand den Abstand zwischen uns gleich wieder.

„Einen Moment, *ma petite*", sagte er. „Der Hund kann vielleicht noch kurz warten, hm? Es gibt da nämlich jemanden, der dringend die Hilfe einer geübten Tierpflegerin braucht. Jemanden, der sich auf meinem Kutter befindet und leider, leider krank geworden ist …"

Ich biss mir auf die Unterlippe. Was sollte denn das jetzt? Mit aller Kraft hielt ich mich davon ab, erneut zurückzuweichen, während sich Lavalls Blick förmlich in mich hineinbrannte. „Wer denn?", fragte ich so beiläufig, als würde ich jedes Wort glauben.

„Ein Hamster, der mir sehr am Herzen liegt."

Jetzt schaffte ich es kaum noch, meine Gefühle zu verbergen. Dieser gemeine Lügner! Als ob der sich für so ein harmloses Pelzknäuel begeistern könnte! Auf einen Schlag durchschaute ich, was er vorhatte: Er wollte mir ein angeblich krankes Fabelwesen auf seinem Schiff zeigen. Wenn ich ihn dann zur magischen Pflegestation führen würde, bräuchte er gar nicht erst nach neuen Opfern zu suchen, sondern könnte sie dort einfach betäuben und einsammeln!

Sobald ich das begriffen hatte, entspannte ich mich ein wenig. Zum ersten Mal war ich froh darüber, dass die magische Pflegestation leer stand. Lavalls Plan konnte also gar nicht funktionieren, aber ich wollte natürlich trotzdem keinen Fuß mehr auf den Kutter setzen. Stattdessen würde ich nur bis zum Hafen mitkommen, um ein gutes Stück Abstand zwischen mich und die Panther zu bringen. Und dann würde ich mich aus dem Staub machen. Wozu hatte ich schließlich magische Fähigkeiten?

Bei dem Gedanken, wie ich Lavall einfach vor der Nase davonflog, gelang mir ein breites, unschuldiges Lächeln. „Wie niedlich", sagte ich. „Dem Hamster möchte ich sehr gerne helfen, wenn ich kann."

„Fantastique!" Lavall zwinkerte mir zu und streckte den Arm aus. Beinahe wäre ich nun doch zurückge-

schreckt und hätte mich dadurch verraten. Es kostete mich viel Überwindung, ruhig stehen zu bleiben, während Lavall die Hand auf meine Schulter legte. Wenigstens hielt er mich nicht schraubstockartig fest, sondern geleitete mich ganz locker in Richtung Hafen – ungefähr so, wie Cormack oder Mr O'Leary es getan hätten. Er wurde auch nicht grober, als ich extra winzige Schritte machte. Auf diese Weise konnte ich Noah, Flynn und Schmuggel noch ein bisschen mehr Zeit verschaffen. Im besten Fall würden die Panther bereits schlafen, wenn Lavall nach meiner Flucht wütend zum Graham's Inn zurückkehrte.

Aber soviel ich auch trödelte, irgendwann hatten wir den Hafen doch erreicht. Beim Anblick des Kutters stieg wieder Panik in mir hoch. Was, wenn Lavall mich festhielt, nachdem ich mich verwandelt hatte? Oder wenn ich mich gar nicht genug konzentrieren konnte, um ohne Hilfsmittel die Gestalt zu wechseln? Meine Schultern verkrampften sich und ich hoffte verzweifelt, dass Lavall es nicht spürte. Als mein Blick auf die Wellen fiel, die gegen den Pier schwappten, fasste ich einen Entschluss. Es *gab* ja ein Hilfsmittel in meiner Nähe. Auch wenn ich mich davor fürchtete – mir blieb nichts anderes übrig, als ins Meer zu springen.

Mit weichen Knien legte ich noch ein paar Meter in der Mitte des Stegs zurück, dann näherte ich mich möglichst unauffällig dem Rand. Bald trennten mich nur noch wenige Schritte vom Wasser. Ich machte einen tiefen Atemzug, hielt die Luft an und …

„Hier entlang“, sagte Lavall. Dabei klang er zwar immer noch freundlich, aber auch sehr aufmerksam. Sein Griff wurde ein wenig fester.

„Ja, i-ich wollte nur“, stotterte ich, „also, ich hab da gerade was gesehen. Im Wasser. Lassen Sie mich mal kurz nachschauen, könnte ja eine verletzte Robbe sein!“

Okay, das war wohl ebenso unglaubwürdig wie die Sache mit dem Hamster. Ängstlich wartete ich darauf, dass Lavall misstrauisch wurde, doch zu meiner Verblüffung nahm er tatsächlich die Hand von meiner Schulter. „Also schön“, sagte er langsam. „Ich verstehe. Dann sollte ich dir jetzt vielleicht etwas zeigen …“ Er griff in die Tasche seiner Uniformjacke und zog einen kleinen, eckigen Gegenstand heraus, der mich an ein Funkgerät erinnerte. „Siehst du das hier?“, fragte er in lockerem Plauderton und hielt das Kästchen hoch. „Das ist die Fernbedienung zu mehreren Elektro-Halsbändern. Eine Spezialanfertigung mit außergewöhnlich viel Reichweite. Drücke ich auf diesen Knopf, bekommen die Träger der Halsbänder einen Stromschlag. Natürlich nicht schlimm genug für echte Schmerzen, aber in der Wiederholung wäre es ausgesprochen lästig. Manchmal ist so etwas eben notwendig, um Tiere zu bändigen, nicht wahr?"

„Nein", sagte ich heiser, viel zu angespannt und verwirrt, um mich noch länger freundlich zu stellen. „Finde ich nicht." Vorsichtig rückte ich näher an den Rand des Stegs und war fast schon bereit, ins Meer zu springen – doch irgendetwas an der Art, wie Lavall mich anschaute, ließ mich zögern.

„Nun, vielleicht werde ich ja gar nicht davon Gebrauch machen müssen", sagte er. „Für die Bewohner von Patch Island wäre das jedenfalls am besten."

Ich erstarrte. „Wie bitte?", flüsterte ich, während eine schlimme Ahnung in mir hochstieg.

„Was glaubst du denn, wer die elektrischen Halsbänder trägt, *ma petite?* Natürlich die vier Pookas, die gerade deine Freunde bewachen!" Lavall legte mir wieder eine Hand auf die Schulter und beugte sich näher zu mir. In verschwörerischem Tonfall fragte er: „Wollen wir herausfinden, wie viele Stromschläge notwendig sind, damit ein Panther richtig sauer wird?"

Meine Kehle schnürte sich zusammen, als ich an die gefährlichen Raubkatzen dachte. Daran, wie sie um Kathleen, Fergus und all die anderen herumschlichen … wie sie plötzlich zusammenzuckten und knurrend versuchten, die Halsbänder loszuwerden …! Jetzt hatten sich die Pookas vielleicht noch unter Kontrolle, aber ich wusste ja, was passierte, wenn ein Wandler die Beherrschung verlor. Aus Ärger über Mrs Silverton hatte ich Kissen und Schuhe zerfetzt, Kratzer in Türen und im Sofa hinterlassen und den ganzen Hof verwüstet. Alles in Gestalt eines jungen Hundes, wohlgemerkt! Was mehrere ausgewachsene Panther anrichten konnten, wollte ich mir lieber gar nicht vorstellen.

„Bitte lassen Sie das bleiben", brachte ich endlich hervor und meine Stimme zitterte. „Sagen Sie mir einfach, was ich tun soll!"

„Es geht vielmehr darum, was du *nicht* tun sollst", entgegnete Lavall, während er die Fernbedienung zwischen den schlanken Fingern drehte. „Sei so gut und verzichte darauf, dich zu verwandeln, ja?"

Wie vom Donner gerührt stand ich da, während seine Stimme in mir nachhallte. *Er wusste Bescheid.* Er wusste, dass ich ein Pooka war und hatte mir gerade die einzige

Chance auf eine Flucht genommen! Denn natürlich würde ich nichts unternehmen, womit ich die anderen Inselbewohner in Gefahr brachte.

Mein Entsetzen schien Lavall zu belustigen, denn seine Lippen zuckten. „Du fragst dich vermutlich, wie ich dich durchschaut habe“, sagte er. „Tja, meinen letzten Zweifel hast du ausgeräumt, als du versucht hast, an Meerwasser zu gelangen. Aber schon davor war ich mir mit meinem Verdacht sehr sicher. Nur keine Sorge, ich werde dir alles erklären, doch bei diesem Gespräch wäre ich lieber ungestört. Wenn du also bitte eintreten würdest …“ Er sprang über die Reling an Deck des Kutters, ging mit energischen Schritten zum Führerhäuschen und öffnete die Tür. Einladend breitete er die Arme aus.

Ein paar Sekunden lang suchte ich noch fieberhaft nach einem Ausweg, doch tief in meinem Inneren wusste ich, dass ich keine Wahl hatte. Eben hatte ich geglaubt, ich hätte alle Fabelwesen von diesem Kutter befreit – nun war ich selbst eine Gefangene von Lavall.

21. KAPITEL

Zurück im Untersuchungsraum

Kaum hatte André Lavall die Bodenklappe im Führerhäuschen geöffnet, da schoss Mrs Silverton hervor wie ein böser Geist aus einer Flasche. „Gut, dass Sie da sind“, rief sie mit ihrer durchdringenden Stimme. „Ich versuche schon die ganze Zeit, Sie anzurufen. Es geht um das rothaarige Gör! Dieser unerträgliche, verwahrloste Fratz hat doch tatsächlich –“

„Das reicht!“, fuhr Lavall dazwischen. Sein harter Tonfall ließ Mrs Silverton zusammenzucken. Dann blähten sich ihre Nasenflügel, ihre Augen wurden schmal und es hätte mich nicht gewundert, wenn sie vor lauter Empörung die Zähne gefletscht hätte. Als sie mich hinter Lavall entdeckte, wurde ihre Miene sogar noch gehässiger. Sie öffnete den Mund, um weiterzureden, doch Lavall ließ sie nicht zu Wort kommen.

„Sie haben Ihre Schuldigkeit getan", sagte er scharf, „und wie Sie sehen, konnte ich mein Ziel erreichen. Jetzt dürfen Sie von mir aus den Kutter verlassen, sich die Beine vertreten … das ist mir völlig egal. Nur stören Sie mich bitte nicht länger!"

Ungläubig schaute ich zwischen den beiden hin und her. Sonst war immer Mrs Silverton diejenige gewesen, die andere herumkommandierte, und auch jetzt schien sie sich kaum beherrschen zu können. Die dürren Finger zu Fäusten geballt, presste sie einen Moment lang die Lippen zusammen. Dann aber erwiderte sie nur spitz: „Wie Sie möchten. Sobald wir von dieser grässlichen Insel weg sind, erwarte ich übrigens die vereinbarte Bezahlung." Unsanft schob sie sich an uns vorbei und marschierte mit hochgerecktem Kinn aus dem Führerhäuschen.

Lavall winkte mich durch die Öffnung im Boden. „Eine grauenhafte Person", sagte er, während ich wohl oder übel zum zweiten Mal an diesem Tag die schmale Treppe hinunterstieg. „Allerdings war sie diejenige, die mich auf die richtige Spur gebracht hat. Ohne ihren Hinweis hätte ich dich wohl niemals gefunden."

„Von *ihr* haben Sie erfahren, dass ich ein Pooka bin?", fragte ich fassungslos.

„Nicht ganz", sagte Lavall und führte mich den Flur entlang. Während wir am Lager vorbeikamen, hielt ich vor Angst den Atem an. Würde er jetzt gleich herausfinden, dass die Fabelwesen verschwunden waren? Doch zum Glück ging Lavall noch ein paar Schritte weiter und stoppte dann vor dem Untersuchungsraum. Als er die Tür öffnete, fiel mein Blick direkt auf den Raben, der auf seiner Sitzstange hockte. Er schien unser Eintreten gar nicht zu bemerken, sondern döste einfach weiter. Lavall lehnte sich daneben an die Meerwasser-Wanne.

„Also, um genau zu sein, hat Mildred Silverton mir nur von ihrer Arbeit auf Patch Island erzählt", sagte er. „Sie meinte, die Insel wäre bevölkert von einem Haufen Verrückter. Der Aberglaube dieser Leute wäre regelrecht ansteckend gewesen. So sehr, dass Mildred sich eingebildet hat, eine schwarze Katze wäre einfach so aus einem verschlossenen Zwinger und einer abgesperrten Pflegestation entwischt. Mit ihr verschwand ein Koffer, der dann wie durch Zauberhand in die Hände eines rothaarigen Mädchens gelangt war … Nachdem ich *das* gehört hatte, musste ich nur noch eins und eins zusammenzählen.“

Ich verschränkte die Arme vor der Brust, so als wären sie eine Art Schutzpanzer. „Und woher kennen Sie Mrs Silverton überhaupt?“, fragte ich, obwohl mich das eigentlich nicht besonders interessierte. Viel dringender wollte ich erfahren, was Lavall mit mir vorhatte – aber wenn ich davon anfing, würde er vielleicht beschließen, seinen Plan sofort in die Tat umzusetzen. Also versuchte ich lieber, ihn am Reden zu halten.

Lavall betrachtete mich mit schiefgelegtem Kopf, die dunklen Augen ein wenig verengt. Er schien genau zu wissen, was in mir vorging, doch nach kurzem Überlegen ließ er sich auf meine Frage ein. „Nun, sie war eine meiner besten Kundinnen. Kaum jemand hat so viele Pillen bei mir bestellt wie Mildred. Als sie mir dann mitteilte, dass sie kein Sedimax mehr braucht, habe ich mich natürlich nach dem Grund erkundigt.“

Mir klappte der Mund auf. „*Sie* verkaufen Sedimax?!“ Auf einmal fügte sich alles zusammen: der französische

Beipacktext, das Labor auf dem Kutter und die Abwässer, von denen die Seehunde so müde geworden waren …

„Ich verkaufe es nicht nur, ich habe es auch erfunden", meinte Lavall schulterzuckend. „Das füllt eben meinen Geldbeutel. Die Herstellung von Medikamenten ist ein altes Familiengeschäft, musst du wissen. Lustigerweise handelt es sich bei Sedimax um ein frühes Ergebnis meiner Versuchsreihe, mit dem ich noch gar nicht zufrieden war."

„Sollte es denn nicht die Wirkung haben, Tiere zu betäuben?", fragte ich gepresst.

„Doch, ich wollte in der Tat ein Medikament produzieren, das betäubt", stimmte Lavall zu. „Aber es sollte sich nicht auf Körper und Geist eines Wesens auswirken, sondern auf so etwas wie den inneren Funken. Oder, um es ganz deutlich zu sagen: auf die Magie." Prüfend schaute er mich an und ich musste mich sehr zusammenreißen, um weiterhin die Ahnungslose zu spielen. Lavall durfte ja nicht wissen, dass ich seine ‚Versuchskaninchen' bereits gesehen und befreit hatte.

„Sie … forschen also nach einem Medikament, das Fabelwesen ihre besonderen Fähigkeiten raubt", tastete ich mich von einem Wort zum nächsten. „Aber wofür wollen

Sie das haben? Damit Sie Feen erpressen können, für Sie zu zaubern?“

Beiläufig ließ Lavall die Fingerspitzen über das Gefieder des schlafenden Raben gleiten. „Es stimmt, dass ich damit schon einige Fabelwesen unter Druck gesetzt habe“, räumte er ein. „Ihre Magie ist ihnen so wichtig, dass sie alles tun würden, um sie zu behalten. Doch das war nicht der eigentliche Zweck meiner Forschungsreihe. Ich brauchte auf jeden Fall ein Medikament zum Betäuben magischer Kräfte, das nicht so schläfrig macht wie Sedimax. Und ein solches Mittel habe ich inzwischen gefunden.“

Da konnte ich mich nicht mehr länger zurückhalten. „Wenn Sie es schon gefunden haben, wieso suchen Sie dann hier nach Fabelwesen für weitere Experimente?“, platzte ich heraus. Auf einmal war es mir egal, wie viel ich preisgab. Ich wollte das alles endlich verstehen und vor allem wollte ich wissen, was jetzt mit mir passieren würde!

Lavall ließ sich Zeit mit seiner Antwort. Erst nach einer quälend langen Pause sagte er: „Ich bin nicht gekommen, um irgendwelche Fabelwesen auf mein Schiff zu holen. Nur einen ganz bestimmten Pooka – dich, *ma petite.*“

„Aber es gibt doch schon Pookas in Ihrer Crew!“, rief

ich aus, während mein Puls dumpf in meinen Ohren dröhnte. „Wozu brauchen Sie mich also noch?“

Mit ein paar schnellen Schritten umrundete er mich, holte etwas aus einer Lade des Schreibtischs und baute sich dann wieder vor mir auf. Zwischen Daumen und Zeigefinger hielt er nun ein kleines, längliches Gefäß. Es sah aus wie die gläsernen Ampullen voll Impfstoff, die in Nanas Medikamentenschrank standen.

„Das hier“, verkündete Lavall feierlich, „ist das wunderbare Ergebnis jahrelanger Arbeit. Endlich ist es mir gelungen, den Stoff aus Sedimax zu entfernen, der träge macht! Zusätzlich konnte ich die magiedämpfende Wirkung um ein Vielfaches verstärken. Das Mittel ist jetzt so mächtig, dass es wohl für ein ganzes Menschenleben reicht. Oder … für ein Pookaleben.“

Instinktiv stolperte ich nach hinten, bis ich gegen den Schreibtisch prallte. „Deshalb helfen Ihnen die vier Pookas, nicht wahr?“, fragte ich, die Augen angewidert auf die Ampulle gerichtet. „Aus Angst, dass Sie sonst dieses lebenslange Mittel an ihnen ausprobieren!“

„Angst?“, wiederholte Lavall. Seine feierliche Miene verblasste ein wenig und zwischen seinen Augenbrauen erschien eine Falte. „O nein, sie *hoffen,* dass sie irgendwann in den Genuss meiner Erfindung kommen werden! Das ist ihr größter Wunsch, aber sie werden sich noch eine Weile gedulden müssen. Diese erste Dosis ist für jemand anderen bestimmt. Kannst du denn nicht erraten, für wen, *ma fille?*"

Heftig schüttelte ich den Kopf, doch dann regte sich etwas in meinem Gedächtnis. *Ma petite, ma fille* … das hatte ich doch schon einmal gehört. Ja, richtig: Mr O'Leary hatte es anfangs schick gefunden, seine Hühner mit französischen Kosewörtern zu rufen, ehe er sie nach Disneyfiguren benannt hatte. Ma petite, so hatte er immer zu dem winzigen Huhn gesagt, das später Prinzessin Anna hieß: meine Kleine. Und fille bedeutete Mädchen, aber auch noch etwas anderes …

„Zuerst heile ich dich damit", sagte Lavall leise, „und sobald ich eine zweite Dosis herstellen konnte, auch mich. Dann steht unserem gemeinsamen, sorgenfreien Leben nichts mehr im Wege, ma fille – meine Tochter."

22. KAPITEL

Die letzte Verwandlung

Seit ich erfahren hatte, dass ich ein Findelkind war, hatte ich unzählige Male über meine Eltern nachgedacht. Zum Beispiel hatte ich mir als kleines Mädchen gerne vorgestellt, dass ich einem Königspaar geraubt worden war oder dass mich ein Sturm über die Reling eines Piratenschiffs geweht hatte. Später orientierte ich mich lieber an den Menschen von Patch Island: War mein Vater so gutmütig und humorvoll wie Cormack, so eifrig wie Mr O'Leary oder so verschlossen wie Bauer

Orin? Wie auch immer er sein mochte, ich war mir ganz sicher gewesen, dass ich ihn bei einer Begegnung sofort erkennen würde. Ich würde einfach *spüren,* dass wir verwandt waren.

Doch nun, als ich vor André Lavall stand, empfand ich nichts als ungläubiges Entsetzen. Es fühlte sich ganz und gar falsch an – so falsch wie ein Pfund Salz in Kathleens Zitronenkuchen.

„Sie … du … bist auch ein Pooka? Und mein *Dad*?“, stammelte ich. „Nein, unmöglich. Das muss ein Irrtum sein. Sicher haben Sie mich mit einem anderen Mädchen verwechselt!“

„Eine Verwechslung ist ausgeschlossen“, entgegnete André Lavall streng. Offenbar konnte er nicht gut damit umgehen, wenn jemand an seiner Meinung zweifelte. Auch das war vollkommen anders als in meiner Fantasie: keine Umarmung, keine Freudentränen oder sonst irgendeine Reaktion, die ich mir beim Wiedersehen mit meinen Eltern ausgemalt hatte. Mein angeblicher Vater gestattete sich nur ein schmales Lächeln, ehe er weitersprach. „Es gibt mehr als genug Beweise für unsere Verwandtschaft. Ich habe dich vor etwa dreizehn Jahren verloren, du be-

sitzt dieselben Fähigkeiten wie ich und du hast das Haar deiner Mutter."

Das holte mich aus meiner Schockstarre heraus. Ein bisschen fühlte es sich so an, als sähe ich einen Lichtschimmer am Ende eines langen, unheimlichen Tunnels. Ich hatte ja nicht nur einen Dad, der Fabelwesen einsperrte und elektrische Halsbänder in Ordnung fand – nein, gleich würde ich auch mehr über meine Mutter erfahren!

„Wo ist sie?", fragte ich und meine Stimme klang schon ein wenig fester. „Meine Mam. Bist … bist du noch mit ihr zusammen?"

Von einer Sekunde auf die andere war Andrés Lächeln verschwunden. Sein Blick wurde finster und er presste die Lippen zusammen. Ich hatte ihn bereits herrisch und bedrohlich erlebt, aber dieser Gesichtsausdruck war neu – eine Mischung aus Kummer und Zorn. „Nein, ich habe sie seit Jahren nicht gesehen", sagte er. „Weißt du, es war ein sehr schmerzhafter Gedanke für mich, dass ich meinen Fluch an mein Baby weitergeben würde. Aber noch viel mehr erschütterte mich die Reaktion deiner Mutter."

„Was meinst du damit?", bohrte ich nach, obwohl eine Stimme in meinem Inneren rief: *‚Lass es, frag nicht weiter, es wird nur noch schlimmer!'*

Im nächsten Moment wünschte ich mir, ich hätte auf diese Stimme gehört. „So leid es mir tut", sagte André, „aber sie war diejenige, die dich ausgesetzt hat."

Ich schüttelte den Kopf und hatte das Gefühl, nie wieder damit aufhören zu können. André, die Wanne und der schlafende Rabe verschwammen vor meinen Augen. Das durfte doch alles nicht wahr sein. Ich wollte meinen Königspaar-Traum zurück, jetzt sofort!

„Ach, meine arme Kleine", sagte André, ohne seine stramme Haltung zu verändern. „Sei nicht traurig. Ich werde dafür sorgen, dass dich niemand mehr aufgrund deiner Fähigkeiten ablehnt. Nie wieder sollst du unter Magie leiden müssen!"

Wie ein eisiger Regen prasselten seine Worte auf mich ein, aber ich konnte sie nicht wirklich begreifen. Nur langsam drang etwas durch das Chaos in meinem Kopf – eine feine Melodie und Worte, an die ich mich sogar in dieser grässlichen Situation genau erinnern konnte.

‚O Schwestern und Brüder, nehmt euch in Acht
Vor dem Tierwandlerwesen. Es verbirgt seine Macht,
scheint harmlos mit freundlichem Menschengesicht …
Doch nahe kommen dürft ihr ihm nicht!

Sein Herz wird von Dunkelheit bestimmt,
passt auf, dass es euch nicht das Kostbarste nimmt!
Dieses Lied soll bewirken, dass niemand vergisst,
dass der Pooka nicht ehrlich –
dass der Pooka gefährlich –
dass der Pooka ein Feind alles Magischen ist.‘

Fiona hatte also recht behalten, aber das Lied betraf nicht alle Pookas oder nur mich, sondern meinen Vater. *Sein* Herz wurde von Dunkelheit bestimmt und vor *ihm* musste man sich in Acht nehmen! Bei diesem Gedanken hätte ich fast zu heulen begonnen, doch dann blinzelte ich meine Tränen weg. Ja, André war eine furchtbare Enttäuschung. Aber vielleicht brauchte ich ja gar keinen tollen leiblichen Vater, um glücklich zu sein. Flynns Dad war noch vor der Geburt seines Kindes gestorben, Noahs Dad kümmerte sich kaum um seinen Sohn und die Jungs kamen trotzdem gut zurecht!

André schien nicht zu bemerken, was in mir vorging. Feierlich redete er weiter: „Das Schicksal hat es nicht gut mit uns beiden gemeint, doch ich habe nie aufgehört, nach einem Heilmittel für unseren Fluch zu suchen. Nun, da ich es gefunden habe – und dich –, wird alles anders werden. Unser Leben in Einsamkeit und Elend ist endgültig vorbei!"

Wie von selbst strafften sich meine Schultern. „Mein Leben ist überhaupt nicht einsam oder elend", widersprach ich. „Ganz im Gegenteil! Ich hab eine tolle Pflegemutter und Magie war niemals etwas Schlechtes für mich!" Wieder verschränkte ich die Arme vor der Brust, aber diesmal nicht abwehrend, sondern entschlossen.

André schaute mich stirnrunzelnd an. Wahrscheinlich hatte er erwartet, dass ich vor Dankbarkeit dahinschmolz und auf der Stelle dieses Medikament einnehmen wollte. „Du versuchst mir weiszumachen, dass du mit deinem Dasein als Pooka keine Probleme hast?", fragte er irritiert.

„Na ja, zuerst fand ich es schon schwierig, mit meinen Kräften zurechtzukommen. Aber jetzt klappt es immer besser." Tief atmete ich durch, dann setzte ich hinzu: „Ich glaube wirklich, dass die Wandlerfähigkeit kein Fluch ist, sondern ein Geschenk!"

Andrés Augen wurden schmal. „Sag das nicht, Kind."

„Aber wieso denn nicht?", rief ich. „Wenn Sie … W-wenn du das Beste für mich willst, müsste dich das doch freuen! Mit dieser Gabe kann ich eine richtig gute Inseltierärztin werden, und wenn ich zwischendurch mal die

Kontrolle verliere, ist das auch nicht mehr allzu schlimm. Die Leute von Patch Island wissen seit gestern nämlich Bescheid und verurteilen mich kein bisschen dafür, dass ich ein Pooka bin!“

„Die Leute von Patch Island? *Inseltierärztin*?“, wiederholte André schneidend. „Du kannst doch unmöglich für immer hierbleiben wollen, in diesem abgeschiedenen, armseligen Kaff!“ Seine Hände zuckten nach oben, als wäre er kurz davor, sich die perfekt frisierten Haare zu raufen. Dann sagte er mit erzwungener Ruhe: „Pass auf, ich verstehe natürlich, dass du gerade nicht klar denken kannst. Es ist eine große Sache für dich, nach all den Jahren deinen Vater wiederzufinden. Kein Wunder, wenn man in einer solchen Situation etwas verwirrt ist …“

Ich spürte, wie meine Lider sich verengten. Schlagartig wurde mir bewusst, dass ich André genauso anzufunkeln begann wie er mich. Wahrscheinlich sahen wir einander jetzt sogar ähnlich. „Nein, ich bin nicht verwirrt“, sagte ich. „Und das hier ist *kein* armseliges Kaff. Für mich ist das der schönste Ort der Welt, ein Ort voller Magie! Ich werde also noch sehr, sehr lange auf Patch Island bleiben und auch meine magischen Fähigkeiten behalten, denn mit ihnen passe ich genau hierher.“

„Nein!“ Das Wort kam heraus wie ein Schrei – so laut, dass der Rabe aus dem Schlaf hochschreckte. Andrés Kopf hatte sich dunkelrot verfärbt und eine Ader an seiner Stirn trat deutlich hervor. „Das lasse ich nicht zu“, keuchte er, „das ertrage ich nicht! Mein Kind wird kein Dasein als Halbwesen fristen. Nur über meine Leiche!“ Plötzlich stand er direkt vor mir, packte mich an den Schultern und seine Finger pressten sich schmerzhaft in meine Haut. „Weißt du, wie es für mich gewesen ist, als eine solche *Kreatur* aufzuwachsen?“, fuhr er mich an. „Meine Eltern waren erfolgreiche Pillenhersteller und dasselbe erhofften sie sich von mir. Doch dann habe ich bei jeder wichtigen Prüfung versagt, weil ich mich aus Nervosität verwandelte! Immer war ich gezwungen, im unpassendsten Moment die Flucht zu ergreifen, damit mich niemand beim Gestaltwechsel sah. So ein Versager werde ich nie wieder sein – und ich werde auch meine Tochter vor einem solchen Schicksal bewahren!“

Unvermittelt ließ er mich los, trat wieder an den Schreibtisch und riss eine Schublade auf. Um beide Hände frei zu haben, legte er kurz die gläserne Ampulle auf die Tischplatte. Zu spät fiel mir ein, dass ich nach ihr hätte greifen können.

„Was tust du da?“, stieß ich hervor, während André in der Schublade wühlte.

„Ich erfülle meine Vaterpflicht.“ Schon hatte André die Ampulle wieder an sich genommen, er brach sie auf und drückte irgendetwas durch die kleine Öffnung. „Ich habe dafür gesorgt, dass diese Medizin dich heilen wird, ohne dich dauerhaft zu benebeln“, sagte er schwer atmend, während er das Fläschchen prüfend gegen das Licht hielt. „Aber wahrscheinlich ist es am besten, wenn du nach der Heilung zumindest ein paar Stunden schläfst. So durcheinander, wie du jetzt bist, rennst du mir sonst blindlings davon!“

Mit einer bösen Vorahnung lehnte ich mich über den Schreibtisch, um einen Blick in die Schublade zu werfen. Darin lagen ein paar verpackte Spritzen, Pflaster … und eine Pillenschachtel mit rotem Schriftzug. *Sedimax!* André wollte mir nicht nur meine Kräfte rauben, sondern mich auch noch betäuben und dann einfach mitnehmen!

Panisch taumelte ich rückwärts, um möglichst viel Abstand zwischen uns zu bringen. Auf einmal kam mir der Raum winzig klein vor. Nach wenigen Schritten prallte ich gegen die Sitzstange des Raben und der Vogel begann, wütend zu krächzen. Ich wich zur Seite aus, flüchtete mich in die Lücke zwischen den flatternden Schwingen und der Untersuchungswanne. „Das ist doch verrückt!", schleuderte ich André entgegen. „Ja, es klingt, als hättest du bisher als Pooka viele Probleme gehabt. Aber du kannst trotzdem nicht einfach hier auftauchen und bestimmen, wie ich leben soll! Wenn du wirklich mein Dad bist, dann lässt du mich selbst entscheiden, ob ich meine Magie behalten möchte!"

Er schien mir nicht einmal zuzuhören. Mit starrer Miene zog er den Inhalt der Ampulle auf eine Spritze und kam damit langsam in meine Richtung. „Nur ein kleiner Piks", murmelte er, „dann wird alles gut. Dir wird es an nichts fehlen, versprochen. Wir ziehen in ein großes Haus mitten in einer Stadt, du darfst die beste Schule besuchen und bekommst ein eigenes Segelboot …"

„Aber das will ich alles gar nicht!" Verzweifelt presste ich mich gegen die Wanne und bog den Rücken durch – nur weg von der Spritze, die André mir entgegenstreckte. Wie in Zeitlupe sah ich seine Hand näher kommen, sah die dünne Nadel, die sich gleich in meinen Arm bohren würde. Ich hatte keine Chance zu entwischen, das wusste ich. Als André mich an der Schulter packte, kniff ich hilflos die Augen zu und wartete auf den Stich.

Später konnte ich nicht sagen, wer zuerst geschrien hatte: André oder der Rabe. Ein Luftzug peitschte über meine Wange und plötzlich war meine Schulter frei. Als ich die Augen aufriss, sah ich für den Bruchteil einer Sekunde Andrés entsetzte Miene. Im nächsten Moment wurde er von schwarzen Flügeln verdeckt. Kreischend ging der Rabe auf ihn los, pickte und kratzte und flatterte dabei so wild, dass lose Federn durch die Luft stoben. André hielt sich schützend die Arme vors Gesicht, während er nach hinten stolperte. Noch einmal schrie er erschrocken auf, ehe er rücklings in die Wanne plumpste.

Dann wurde es totenstill. Der Rabe hatte sich ebenso schnell wieder beruhigt, wie er zu toben begonnen hatte. Er setzte sich auf den Rand der Wanne und spähte ins Wasser. Auch ich beugte mich vor, am ganzen Körper zitternd.

Im Meerwasser trieb eine pelzige, schwarze Gestalt. Wie durch einen Nebel sah ich Schlappohren, Pfoten, einen buschigen Schwanz – und zuletzt die Spritze, die in der Flanke des Hundes steckte.

23. KAPITEL

Nichts ist, wie es scheint

Einmal hatte ich Nana gefragt, wie sie es schaffte, bei Notfällen so ruhig zu bleiben. „Das ist nicht mein Verdienst“, hatte sie lachend gesagt. „Wenn es hart auf hart kommt, werde ich zu einer Art Roboter und funktioniere wie von selbst.“

Genauso fühlte ich mich in diesem Moment. Wie ferngesteuert streckte ich die Hand aus, um die Spritze zu entfernen. Dann schlang ich beide Arme um André und hob ihn aus der Wanne. Als Hund war er bestimmt leichter als in Menschengestalt, aber ich brauchte trotzdem meine ganze Kraft. Kaum war ich mit dem Meerwasser in Berührung gekommen, da begann auch schon das Brennen. Ich schaffte es gerade noch, André auf dem Boden abzulegen, ehe ich mich verwandelte. Während die Gerüche von Desinfektionsmittel, Federn, Fell und Sedimax immer stärker wurden, erinnerte ich mich daran, was Flynn zu mir gesagt hatte: *‚Jeder Pooka beherrscht eine Tiergestalt besonders gut. Das liegt wahrscheinlich auch in der Familie.‘*

Als ich dann mit Schlappohren und Puschelschwanz vor André stand, spürte ich zum ersten Mal, dass er tatsächlich mein Vater war. Es war nicht mehr zu übersehen und riechen konnte ich es auch. Außerdem witterte ich, dass er sich nicht ernsthaft verletzt hatte. Der Rabe hatte ihm bloß einen harmlosen Kratzer an der Schnauze verpasst und er war nicht ohnmächtig geworden, sondern in tiefen Schlaf gefallen.

‚Ich schätze, ein kleiner Teil der Dosis ist jetzt in seinem Blutkreislauf‘, sagte jemand hinter mir. Als ich herumfuhr, sah ich Hugin, den Raben, der sich über die Spritze beugte.

‚Und was heißt das?‘, fragte ich. Jetzt kam ich mir nicht

mehr wie ein Roboter vor, sondern spürte alles ein bisschen stärker, so wie immer als Hund. Hechelnd schaute ich den Raben an, die Ohren nervös nach hinten gelegt. ‚Glaubst du, er wird bald wieder aufwachen?‘

‚Ja, bestimmt‘, meinte der Rabe. ‚Aber seine Magie ist jetzt betäubt. Vermutlich wird er also sehr, sehr lange in seiner momentanen Gestalt bleiben müssen.‘ Er drehte leicht den Kopf und wandte mir eines seiner dunklen, glänzenden Augen zu. Ich wusste nicht, was dieser Blick zu bedeuten hatte – wie sollte man denn aus dem Gesichtsausdruck eines Raben schlau werden? –, doch irgendetwas daran ließ ein seltsames Gefühl in mir hochsteigen.

‚Danke‘, sagte ich und mein Puschelschwanz begann, zaghaft zu wedeln. ‚Ich hätte nie gedacht, dass ausgerechnet du mich retten würdest.‘

Hugin antwortete nicht. Hatte ich ihn jetzt beleidigt? Oder bereute er es schon, dass er mir zu Hilfe gekommen war? Bei meinem ersten Besuch auf dem Kutter war er ja nicht gerade freundlich gewesen … doch dann fiel mir ein, dass er mich noch nie zuvor in Menschengestalt gesehen hatte. Nur bei Flynns Anblick war er in Gezeter ausgebrochen. Wahrscheinlich wusste er jetzt gar nicht, woher ich ihn kannte.

‚Ich meine', schickte ich schnell hinterher, ‚ich hätte von dir deswegen keine Hilfe erwartet, weil du dich anscheinend ganz wohlgefühlt hast bei meinem … meinem Dad.'

Der Rabe sträubte kurz sein Gefieder und kam dann zwei winzige Schrittchen auf mich zu. Als ich verunsichert den Kopf einzog, hielt er gleich wieder inne. ‚Du irrst dich', entgegnete er leise. ‚Ich habe mich nicht wohlgefühlt und ich hätte noch viel früher eingegriffen, wenn ich

dazu in der Lage gewesen wäre. Leider stand ich aber zu stark unter Sedimax, so wie fast immer auf diesem Schiff. Die schreckliche Tierärztin wollte auf keinen Fall, dass ich hier frei herumfliege. Also hat sie mich mit dem Zeug benebelt, um mich ruhigzustellen.'

‚Mrs Silverton', sagte ich und musste ein Winseln unterdrücken. ‚Ja, die mag Tiere nur, wenn sie ausgestopft sind.'

‚Oder aus Plüsch', ergänzte Hugin.

‚Gummibärchen gehen vielleicht.'

‚Bist du verrückt – *so viel Zucker?*' Hugin blinzelte und ich war mir fast sicher, dass er mich auf Raben-Art angelächelt hatte. Wie von selbst wackelte mein Puschelschwanz wieder los, während der menschliche Teil in mir immer noch zu begreifen versuchte, was gerade vor sich ging. Mein *Dad* schlief nur einen Meter von mir entfernt in Hundegestalt auf dem Fußboden und ich plauderte nett mit einem Raben. Das war definitiv das Unglaublichste, was ich je erlebt hatte! Vielleicht war es gut, dass ich momentan nicht ich selbst war, sonst hätte ich mir bestimmt um eine Million Dinge Sorgen gemacht. Als Hund war ich zwar etwas aufgekratzter als normalerweise, aber ich sah die Welt ganz unkompliziert: Der Rabe hatte mich gerettet und wirkte freundlich, warum sollte ich mich also nicht mit ihm unterhalten?

Neugierig schnupperte ich in Hugins Richtung und fand, dass er auch freundlich roch. Unangenehm war nur die leicht bittere Duftnote, die vom Sedimax stammte. ‚Spürst du die Betäubung eigentlich immer noch?', wollte ich wissen.

Der Rabe wackelte wie zum Test mit dem Kopf. ‚Es wird besser', meinte er dann. ‚Die letzte Dosis ist viele Stunden her. Jedenfalls bin ich inzwischen wach genug, um dir zu erzählen, wie ich auf dieses Schiff gekommen bin.'

,O ja!' Bereitwillig machte ich *Sitz* und drehte die Ohren nach vorne. Auch das hätte ich in Menschengestalt sicher nie getan (also, das mit den Ohren sowieso nicht), sondern ich hätte darauf gedrängt, das Schiff so schnell wie möglich zu verlassen. Was, wenn Mrs Silverton zurückkehrte? Wenn Noah und Flynn Hilfe brauchten? Wenn Lav... mein Dad wach wurde und irgendwelche Probleme bereitete? Aber als Hund freute ich mich einfach nur, gleich etwas Spannendes herauszufinden.

Kurz schloss Hugin die Augen und es sah aus, als atmete er tief durch. Wahrscheinlich kämpfte er gegen den letzten Rest der Betäubung an. Nachdem er die Augen wieder geöffnet hatte, wirkte sein Blick noch eindringlicher, aber er musterte mich nicht so kühl wie André. Wäre er ein Mensch gewesen, hätte er mir vielleicht behutsam die Hände auf die Schultern gelegt. ,Hör zu', sagte er, ,es ist jetzt mehrere Wochen her, dass dein Vater mich gefangen hat. Genauer gesagt befahl er den Männern seiner Crew, mich zu fangen, doch anschließend bespritzte er mich höchstpersönlich mit Meerwasser. Als nichts geschah, glaubte er, dass ich ein gewöhnlicher Vogel wäre.'

‚Er *glaubte* das?‘, wiederholte ich.

‚Allerdings. Er wusste nicht, dass ich seinem Kutter bereits tagelang gefolgt war. Währenddessen hatte ich immer wieder Kontakt mit den giftigen Dämpfen, die bei der Herstellung der Tabletten entstanden sind. Als ihre betäubende Wirkung zu stark wurde, musste ich auf dem Deck notlanden, sonst wäre ich ins Meer gestürzt. Aber nicht nur meine Flügel waren von den Abgasen gelähmt, sondern auch meine Magie.‘

Ich schnappte nach Luft. ‚Soll das heißen, du bist auch …‘

‚Ein Pooka, ja‘, bestätigte Hugin. ‚Doch André erkannte das nicht. Alles, was er merkte, war ein unerklärliches Gefühl von Verbundenheit mit mir. Deshalb machte er mich zu seinem Haustier und ich war froh, dass ich in seiner Nähe bleiben durfte.‘

‚Warum wolltest du das?‘, fragte ich verwirrt. ‚Und wieso bist du dem Kutter überhaupt gefolgt?‘

Der Rabe trippelte von einem Krallenfuß auf den anderen. Es schien, als wollte er gern noch etwas näher an mich herankommen, traute sich aber nicht. ‚Ich ahnte, was er vorhatte‘, sagte er nach kurzem Zögern. ‚André und ich kennen einander von früher. Ich habe mir damals sogar eingebildet, dass ich ihn in- und auswendig kenne.‘

Ein überraschtes Kläffen entfuhr mir und mein Blick flackerte zu André. ‚Du meinst, ihr wart befreundet?!‘

‚Vor vielen Jahren waren wir es‘, sagte Hugin leise. ‚Als wir uns durch Zufall begegnet sind, hatten wir beide großen Kummer. Einer der wichtigsten Menschen in meinem Leben war vor nicht allzu langer Zeit gestorben und André hatte sich gerade mit seinen Eltern zerstritten. Er stammt aus einer sehr einflussreichen Familie und seine besonderen Fähigkeiten wurden dort nicht akzeptiert. Das hat ihn tief verletzt.‘ Der Rabe senkte den Kopf und schwieg einen Moment lang. Ich wunderte mich immer mehr, wie ernst er auf einmal wirkte. Gerade wollte ich nachfragen, da erzählte er weiter: ‚André war sehr ehrgeizig und er fand nichts unerträglicher, als für jemanden nicht gut genug zu sein. Ich glaube, von da an hasste er seine Wandlerfähigkeiten, aber das wusste ich zu diesem Zeitpunkt noch nicht. Er hat sich nämlich bemüht, rundum perfekt zu wirken. Wir trafen uns immer öfter, erst nur in Tiergestalt, dann auch als Menschen. Ich glaubte, jemanden gefunden zu haben, der mich wieder glücklich machen konnte … Bis ich es ihm sagte und sich alles veränderte.‘

‚Bis du ihm *was* gesagt hast?‘, fragte ich und mein Herz begann zu rasen. Vom Kopf bis zur Schwanzspitze zitternd, starrte ich Hugin an. ‚Was hast du André erzählt?‘

‚Dass ich ein Kind von ihm erwarte‘, sagte der Rabe. ‚Ich habe deinem Vater erzählt, dass ich mit dir schwanger bin.‘

24. KAPITEL

Die Geschichte des Raben

Warte', hörte ich den Raben – nein, die Rabenfrau – wie von fern. ‚Bitte sag nichts. Ich verstehe, wenn du mir noch nicht glauben kannst. Aber vielleicht gelingt es mir, in meine Gestalt zurückzukehren.'

Für die Dauer einiger Herzschläge war sie ganz still und es sah aus, als richtete sich ihr Blick nach innen. Als sie dann die Gestalt wechselte, kam mir der Anblick magischer vor als alle Verwandlungen, die ich bisher erlebt hatte. In einer einzigen fließenden Bewegung schien sich der gedrungene Vogelkörper zu strecken, während das Schwarz der Federn in verschiedene Farben getaucht wurde. Dann saß da plötzlich kein Rabe mehr, sondern eine zierliche Frau mit etwas abgenutzten Kleidern und geflochtenem Haar. Wie gebannt starrte ich auf ihren unordentlichen, feuerroten Zopf.

Ich konnte mich erst wieder bewegen, als sie die Hände nach mir ausstreckte. Reflexartig wich ich zurück und ihr sommersprossiges Gesicht wurde bleich. „Oh, du möchtest nicht, dass ich …“, hauchte sie, während ihre Arme schlaff herunterfielen. „Also, ich verstehe …“

Aber da hatte ich endlich gefunden, wonach ich suchte: ein wenig ausgeschwapptes Meerwasser neben der Wanne. Mit beiden Vorderpfoten tappte ich direkt in diese Pfütze. Noch während ich in die Höhe schoss, taumelte ich auf die rothaarige Frau zu und sie hatte gerade genug Zeit, um die Arme auszubreiten. Dann stürzte ich auch schon hinein.

Meine Mutter. *Meine Mam!* Wieder und wieder dachte ich diese Worte, ich drehte sie im Kopf rundherum, als könnte ich sie von allen Seiten bestaunen. Mam hielt mich eine Weile stumm an sich gedrückt und ich spürte, dass ihr Herz genauso schnell trommelte wie meines. Irgendwann schluckte sie und flüsterte mir zu: „Soll ich dir erzählen, wie ich dich verloren habe?“

Ich nickte, ohne mich von ihr zu lösen. Eigentlich schob ich also ein paarmal meine Wange an Mams Schulter auf und ab und sie umarmte mich noch etwas fester.

„Um ehrlich zu sein, hatte ich nicht geplant, schwanger zu werden“, sagte sie leise, „aber ich habe mich unendlich auf dich gefreut. Deshalb bin ich furchtbar erschrocken, als André so entsetzt reagiert hat. Er war völlig außer sich und schrie, dass er dieses Unglück auf jeden Fall *beseitigen* würde. Inzwischen weiß ich, dass er nur von der Wandlerfähigkeit sprach – er wollte nicht, dass sein Kind so leiden müsste wie er selbst. Aber in diesem Moment befürchtete ich, er wollte dir etwas antun. Panisch lief ich davon und ließ dafür sogar mein Zuhause und meine Lieben zurück. Das hat mir fast das Herz gebrochen, aber mir blieb keine andere Wahl. Ich wollte alles tun, um dich zu beschützen. Außerdem solltest du gleich nach deiner Geburt ordentlich versorgt werden, also ging ich zu einer Wildtierstation nahe der Küste.“

„Die Wildtierstation Prenderville!“, platzte ich heraus.

„Ganz genau“, sagte Mam, die Arme immer noch warm

um meine Schultern geschlungen. „Ich hatte schon früher davon gehört und wusste, dass man sich dort gut um uns kümmern würde. Damit ich mich nicht verdächtig machte, verwandelte ich mich in einen Hund, denn Einzelkinder sind bei Hunden nichts komplett Ungewöhnliches. Ich musste auch viel an deinen Vater denken und das war die Gestalt, die er am häufigsten angenommen hat." Ihr Blick huschte kurz zu André hinüber, der im Schlaf mit den Pfoten zuckte.

„Das hab ich wohl von ihm geerbt", murmelte ich und hätte zu gerne gewusst, in welcher Gestalt meine Mam sich am wohlsten fühlte. Aber ich wollte sie nicht bei ihrer Geschichte stören.

„Mr Prenderville nahm mich bereitwillig auf", erzählte sie, „und weil Hunde nur zwei Monate lang trächtig sind, bist du schon kurze Zeit später zur Welt gekommen." Auch ohne Mam ins Gesicht zu sehen, wusste ich, dass sie bei der Erinnerung lächelte. Ihre Stimme wurde noch wärmer und vibrierte ein bisschen. „Du warst der knuddeligste schwarze Welpe, den man sich vorstellen kann. Alle Besucher der Wildtierstation sind bei deinem Anblick dahingeschmolzen. Besonders, nachdem Mr Prenderville uns zusammenpassende Halsbänder aus Bernstein umgelegt hatte. Ich war mir sicher, dass wir so lange bleiben dürften, bis du stark genug für eine Flucht wärst. Dann wollte ich mit dir zu meiner Familie zurückkehren, nach der ich schon schreckliche Sehnsucht hatte. Aber es kam ganz anders."

Ein flaues Gefühl stieg in mir hoch, als Mam tief durchatmete. Nun würde ich endlich erfahren, wie ich zum Findelkind geworden war.

„Eines Tages kam Mr Prenderville mit einem großen Transportkäfig zu uns. Ich glaubte, er wollte uns zu irgendeiner Routine-Untersuchung bringen – da hörte ich plötzlich Andrés Stimme. Er tat, als freute er sich riesig, mich wiederzubekommen. Anscheinend hatte er behauptet, er wäre auf der Suche nach einem trächtigen Tier mit pechschwarzem Fell. Wie hätte Mr Prenderville da Verdacht schöpfen sollen? Ich bellte und tobte zwar, um ihn zu warnen, aber André sagte, ich wäre bloß aufgeregt wegen unseres Wiedersehens und könnte außerdem Käfige nicht leiden. Weil ich mich so wild gebärdete, half Mr Prenderville beim Tragen. Zu zweit brachten uns die Männer fort von der Wildtierstation und ich musste die ganze Zeit gegen den Drang ankämpfen, mich zu verwandeln. Vor lauter Konzentration wurde ich so still, dass

Mr Prenderville glaubte, es wäre nun alles in Ordnung. Inzwischen hatten uns die Männer bis zum Hafen geschleppt, wo André uns auf seinen Kutter laden wollte. Sie stellten den Transportkäfig am Pier ab, Mr Prendervilles Schritte entfernten sich – da konnte ich mich nicht mehr länger beherrschen. Die Mischung aus Zorn, Angst und Magie in meinem Inneren explodierte regelrecht. Als ich zu menschlicher Größe anwuchs, ging der Transportkäfig kaputt und ich wurde verletzt. Doch das Schlimmste war, dass du über den Rand des Piers gefallen bist. Ich sprang sofort ins Wasser und suchte stundenlang nach dir … ohne Erfolg. Das Meer hatte dich erst in einen Seehund verwandelt und dann verschluckt."

In einen Seehund! Das erklärte, warum ich die Bernsteinkette nie verloren hatte: Als Hundewelpe, Robbe und Menschenbaby hatte ich wahrscheinlich einen ähnlich dicken Kopf gehabt. Jetzt begriff ich auch, wieso ich mich seit damals vor dem Meer fürchtete! Der Weg bis nach Patch Island musste gefährlich und angsteinflößend gewesen sein, vor allem für ein einsames Robbenjunges. Zum Glück hatte ich es gerade rechtzeitig an Land geschafft. Von Nana wusste ich, dass noch am selben Tag ein Unwetter ausgebrochen war …

Als hätte Mam meine Gedanken erraten, fuhr sie fort: „Kurz darauf begann ein Sturm, der eine weitere Suche unmöglich machte. Verwundet und todunglücklich kehrte ich zu meinem Rudel zurück, doch ich habe die Hoffnung niemals aufgegeben, dich irgendwann zu finden. Leider konnte ich nicht zur Polizei gehen und nach dir fragen. Ich wäre ja nicht einmal in der Lage gewesen zu erklären, wer ich überhaupt bin – geschweige denn, wie ich dich verloren habe. Aber in Tiergestalt machte ich während der folgenden Jahre immer wieder Streifzüge durch den Ozean und über die umliegenden Inseln. Einmal kam ich auch nach Patch Island und traf als Katze auf ein rothaariges Mädchen. Ich spürte eine seltsame Verbindung zu ihr … und zwar nicht nur, weil ich von ihr Sahne zu naschen bekam."

Mein Herz sprang mir fast bis in die Kehle. „Das war ich! Und Sahne von Kathleens Stachelbeertorte!"

„Sie hat köstlich geschmeckt, vielen Dank.“ Mam beugte sich vor, damit ich ihr ins Gesicht sehen konnte, und schmunzelte. „Leider habe ich mich nicht auf meinen Instinkt verlassen. Du hast mich behandelt wie eine gewöhnliche Katze und das würde ein Pooka mit einem schwarzen Tier normalerweise nicht tun. Wir fragen bei dieser Gelegenheit immer, ob wir einen Artgenossen vor uns haben.“

Bedauernd zog ich die Schultern hoch. „Da wusste ich noch gar nicht, dass ich ein Pooka bin.“

„Tja, das erklärt es natürlich. Aber ich kam zu dem Schluss, dass ich mir dieses besondere Gefühl … diese magische Verbindung nur eingebildet hätte. Darum setzte ich meine Suche fort und stieß kurze Zeit später auf den Kutter. Als ich begriff, dass André gerade eine heiße Spur zu dir verfolgte, wollte ich ihm natürlich nicht mehr von der Seite weichen.“

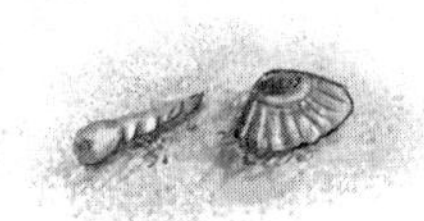

„Mrs Silverton hat ihm einen Hinweis gegeben“, sagte ich. „Sie war eine Woche lang die Vertretungstierärztin auf Patch Island und währenddessen hat sie mich so wütend gemacht, dass ich mich zum ersten Mal verwandelt habe. Ich meine: zum ersten Mal, seit ich verloren gegangen bin. Es war ungefähr so, als hätte die Magie in mir geschlafen, und Mrs Silverton hat sie aufgeweckt."

„Dann hat diese schreckliche Frau sogar mal etwas Gutes bewirkt", antwortete Mam und streichelte mir über die Wange. Ich ahnte, dass sie mich nicht ausfragen wollte, obwohl sie sehr vieles gerne erfahren hätte – zum Beispiel, wie es sein konnte, dass meine Fähigkeiten erst nach dreizehn Jahren wieder zum Vorschein gekommen waren. Oder wer sich während dieser Zeit um mich gekümmert hatte. Auch in meinem Kopf herrschte ein wildes Durcheinander und leider stellte ich die dümmste Frage, die mir gerade in den Sinn kam.

„Also heißt du gar nicht Hugin?"

Mam war so lieb, ganz ernsthaft darauf zu antworten. „Nein, mein Name ist Keela. Und du bist …"

„Ruby", sagte ich schnell. „Kann ich bitte Ruby bleiben? Mir ist klar, dass du mich sicher anders genannt hast, aber ich bin jetzt schon so daran gewöhnt und …"

„Ich hatte dir noch gar keinen richtigen Namen gegeben", erwiderte Mam. „Damit wollte ich warten, bis ich dich zum ersten Mal in Menschengestalt sehen würde. Für mich warst du einfach nur mein süßes Baby, mein kleiner Schatz … oder Wuschel."

„Oh, das passt jetzt natürlich *gar* nicht mehr“, sagte ich und strich über meine wilde Lockenmähne. Im nächsten Moment prusteten wir los. Niemals hätte ich das in einer solchen Situation erwartet, aber es sprudelte einfach aus mir heraus. In meinem Bauch schien kunterbuntes, kitzliges Freudenkonfetti umherzuwirbeln, bis ich mich überhaupt nicht mehr beherrschen konnte. Mam ging es anscheinend genauso. Wir hielten einander in den Armen und lachten …

… bis die Tür aufgerissen wurde. *Mrs Silverton?* Für einen kurzen Augenblick erstarrte ich vor Schreck, dann erkannte ich Flynn. Er stand mit wirren Haaren im Türrahmen, schwitzend und außer Atem, aber unverletzt. Offenbar hatte unser Anti-Panther-Plan funktioniert. Erleichtert strahlte ich ihn an, doch er hatte nur Augen für meine Mutter. Mit einer Miene, als hätte er ein Gespenst vor sich, öffnete er den Mund und fragte: „Mam?“

25. KAPITEL

Familie

Flynny!“ Mit einem Aufschrei stürzte Mam zu ihm. „Was bin ich froh, dass es dir gut geht! Ich dachte, du wärst beim Rudel und in Sicherheit. Als ich dich dann hier auf dem Kutter gesehen habe, wäre ich vor Schreck fast gestorben!“ Sie schlang die Arme um Flynn, drückte und küsste ihn. Dann brach sie plötzlich ab. Mit einem Blick über die Schulter sagte sie vorsichtig: „Mein Junge, hör zu. Du wirst es vielleicht nicht glauben, aber das hier ist deine jüngere Schwester …“

„Wir kennen uns schon“, murmelte Flynn, obwohl er mich anstarrte, als sähe er mich zum ersten Mal. Ich hingegen musste so breit lächeln, dass es in meinen Wangen spannte. Eines stand fest: Man gewöhnte sich kein bisschen daran, ein neues Familienmitglied zu treffen – auch nicht, wenn das in der vergangenen halben Stunde schon zweimal passiert war. Trotzdem war ich jetzt nicht fassungslos, sondern hatte eher das Gefühl, als landete ein lange gesuchtes Puzzleteil an seinem Platz.

Deswegen hatte meine Mam also in Rabengestalt solchen Lärm gemacht, als Flynn sich bei unserem ersten Besuch auf dem Kutter zurückverwandelt hatte. Sie wollte ihn nicht verpetzen, sondern hatte versucht, ihn vor dem herannahenden Matrosen zu warnen. Und hatte ich Flynn nicht überraschend schnell ins Herz geschlossen? Das lag sicher daran, dass er mir gleich irgendwie vertraut gewesen war. Wenn man darauf achtete, sahen wir einander sogar ähnlich: Wir waren beide schlaksig, hatten blasse, sommersprossige Haut und …

„Die Augen!“, rief ich vor Aufregung viel zu laut, doch zum Glück ließ sich André davon nicht wecken. „Ich dachte immer, Flynns Augen würden mich wegen ihrer Farbe an Flaschenscherben erinnern. Aber in Wirklichkeit sehen sie einfach so aus wie meine!“

„Und wie meine“, ergänzte Mam. Ich bemerkte, dass sie ein paar Tränen wegblinzelte, aber sie lächelte dabei. Im Schnelldurchlauf erzählte sie Flynn die ganze Geschichte und ich schlang währenddessen die Arme um mich selbst, damit ich nicht vor Freude platzte. In den vergangenen Jahren hatte ich so oft über meine Eltern nachgedacht und trotzdem war mir fast nie in den Sinn gekommen, dass ich noch mehr Verwandte haben könnte! Geschwister, Großeltern, Tanten und Onkel … eine ganze Familie. Oder eine *zweite* Familie, um genau zu sein.

„Was ist mit Noah und den Inselbewohnern?“, fragte ich, nachdem Flynn das Wichtigste erfahren hatte. „Sind alle okay? Schlafen die Pookas?“

„Mindestens so tief wie der da“, sagte Flynn. Er schnitt eine Grimasse und deutete auf André. „Kaum hatten wir die Leberwurst-Köder durch die offene Tür geworfen, da waren die Panther schon am Fressen. Nur wenige Minuten später haben sie zu schnarchen begonnen.“

„Vielleicht sollten wir trotzdem mal im Inselzentrum nach dem Rechten sehen“, meinte ich. Unsicher wandte ich mich an Mam und sie nickte mir zu.

„Geht ruhig, ich achte solange auf André. Obwohl er sich abscheulich benommen hat, verdient er eine Erklärung, sobald er aufgewacht ist. Außerdem funktionieren meine Beine nach der langen Zeit als Rabe noch nicht so recht.“ Sie setzte sich auf die Kante des Schreibtischs und rieb ihre Knie.

„Ich bring dir ein riesiges Stück Apfelkuchen“, versprach ich. „Wenn du das gegessen hast, geht es dir gleich besser.“

„*Noch* besser?“, gab sie zurück und lächelte wieder auf diese ganz spezielle Art, bei der mir im Bauch so warm wurde, als hätte ich gerade eine Tasse Spezialtee getrunken. Glücklich folgte ich Flynn aus dem Untersuchungsraum und die schmale Treppe hinauf. An Deck wäre ich beinahe gegen ihn gerannt, weil er sich ohne Vorwarnung zu mir umdrehte.

„Hey, kleine Schwester“, sagte er und es klang, als wollte er das Wort einfach mal austesten.

„So klein bin ich nun auch wieder nicht.“ Ich stellte mich auf die Zehenspitzen.

„Wahrscheinlich sollte ich dich jetzt in den Bauch boxen und irgendwas Fieses zu dir sagen“, überlegte Flynn. „Machen Brüder so was nicht immer?“

„Probieren kannst du's ja, aber ich verpetz dich auf jeden Fall bei meiner Mam."

„*Unserer* Mam, du Zwerg." Flynn griff nach mir und drückte mich an seine Brust. Es war eine Mischung aus Umarmen und Zerquetschen, die ich sehr brüderlich fand. Erst, als ich zu zappeln begann wie ein Fisch auf dem Trockenen, ließ Flynn mich wieder los.

„Ganz im Ernst, Ruby", sagte er, „ich bin richtig, richtig froh, dass wir uns gefunden haben."

„Bin ich auch. Nur meine Rippen sind sich da nicht so sicher." Ich grinste zu ihm hoch, bis in unserer Nähe ein vertrautes Grummeln ertönte. Schnell drehte ich den Kopf und entdeckte Noah mit Schmuggel auf dem Pier. Der Wolfshund sah aus, als wollte er sagen: ‚Na, ihr Rotzgören, habt ihr nix Besseres zu tun, als hier herumzustehen und einander zu knuddeln?'

Noah sagte gar nichts. Er grinste auch nicht. So düster wie jetzt hatte ich ihn schon seit Wochen nicht mehr gesehen.

„Alles in Ordnung?", fragte ich erschrocken.

„Na klar – und bei euch anscheinend auch." Er zog einen Mundwinkel hoch, aber es wirkte, als kostete ihn das viel Mühe. „Wollt ihr sehen, wie die Inselbewohner das

Graham's Inn panthersicher machen? Ist auf jeden Fall einen Blick wert." Mit einer eckigen Bewegung wandte er sich um und führte Schmuggel den Steg entlang.

„Warte!" Ich sprang über die Reling und versuchte, ihn einzuholen. „Was ist denn mit dir los?"

Noah ging in unverändertem Tempo weiter. „Nichts", sagte er knapp. „Ich hab mir Sorgen gemacht und dich überall gesucht, das ist alles. Hätte ich mir wohl sparen können."

Ich musste fast joggen, um mit ihm Schritt zu halten. „Also", keuchte ich, „eigentlich war's hier schon ein bisschen brenzlig. Ich wurde nämlich von André Lavall geschnappt, aber dann hat Flynn mich gefunden und –"

„Ja, ihr habt euch *gefunden.* Das hab ich mitbekommen." Noahs Grinsen wurde noch ein bisschen schiefer. „Ihr passt ja auch super zusammen. Beide aus Irland, ungefähr gleich alt, mit derselben besonderen Fähigkeit ..."

„Und derselben Mutter", ergänzte Flynn hinter mir.

Noah stoppte so plötzlich, als wäre er gegen eine unsichtbare Mauer gerannt. Dann wurden seine Augen groß – mindestens so groß wie in dem Moment, als ich ihn zum ersten Mal auf die magische Pflegestation mitgenommen hatte. „Derselben *was?*", japste er.

„Ehrlich, Mann. Du solltest dir angewöhnen, meine Schwester ausreden zu lassen“, sagte Flynn kopfschüttelnd und spazierte an uns vorbei in Richtung Inselzentrum.

Noah starrte ihm einige Sekunden lang hinterher, ohne sich zu rühren. Als er sich dann wieder umdrehte, kam er mir nicht mehr verblüfft oder ungläubig vor, sondern eher … erleichtert. Auch sein Grinsen wirkte jetzt echt. „O Mann, Ruby. Erzählst du mir bitte, was auf diesem Kutter passiert ist?“

„Später“, versprach ich ihm. „Erst mal sollten wir den anderen sagen, dass unsere Mission ein Erfolg war!“ Ich setzte mich in Bewegung und Noah folgte mir, ohne weitere Fragen zu stellen. Im Laufen warf er mir aber ständig Blicke zu, und nachdem ich das gemerkt hatte, konnte ich mich natürlich auch nicht mehr auf den Weg konzentrieren. Irgendwann wären wir beide fast gestolpert und Noah griff nach meiner Hand. Das hielt ich für eine sehr gute Idee – viel besser, als hinzufallen und sich die Zähne auszuschlagen!

Nahe dem Inselzentrum mussten wir einander aber wieder loslassen, weil Schmuggel an der Leine zu ziehen begann. Dabei schnüffelte er heftig und sträubte sein

Nackenfell. Anscheinend wehte uns ein äußerst verdächtiger Geruch entgegen. Wir rannten noch ein bisschen schneller und sahen kurz darauf sämtliche Bewohner von Patch Island, die sich beim Graham's Inn versammelt hatten. Bauer Orin und Liam blockierten gerade die Eingangstür mit den zierlichen Gartenmöbeln, die normalerweise vor Kathleens Bäckerei standen.

„Und ich sage euch, das ist vergebliche Liebesmüh", klagte Pfarrer Morland. „Diese Bestien werden sich trotzdem befreien können. Der Himmel steh uns bei, wenn sie dann auf uns losgehen!"

„Noah!“, rief Brenda und winkte heftig. „Gut, dass du kommst. Du hast doch bestimmt dein Handy bei dir, oder? Gib doch bitte mal im Google ein: *Panther gegen Gartenmöbel.*“

„Diese Tische könnte sogar ich wegpusten!“, krächzte der alte Fergus. „Die puste ich weg wie nix!“

„Die Panther pusten aber nicht, die schlafen. Und wo, bitte schön, soll ich jetzt meine Kuchen servieren?“, fragte Kathleen.

„P-A-N-T-H-E-R“, diktierte Brenda unbeirrt in Noahs Richtung. „Oder ohne H, das geht auch!“

Jetzt redeten alle durcheinander und ich wedelte vergeblich mit den Armen, um für Ruhe zu sorgen. „Keine Angst!“, rief ich über den Trubel hinweg. „Die vier wollten euch nie wirklich was antun. Ihr Auftritt gehörte nur zu André Lavalls Plan!“

Aber niemand hörte mir zu. Im Gegenteil: Die Leute schleppten jetzt auch noch aus ihren eigenen Gärten verschiedenste Möbelstücke herbei und stapelten sie vor der Tür des Graham's Inn zu dem wohl seltsamsten Berg, den es jemals gegeben hatte. Das ging so lange, bis ich beschloss, einen ähnlichen Trick anzuwenden wie Flynn bei Noah. Einmal holte ich noch tief Luft, dann schrie ich, so laut ich konnte: „Die Panther sollten euch bloß bewachen, weil mein DAD mich in Ruhe suchen wollte!“

Es wirkte tatsächlich. Alle Inselbewohner blieben wie angewurzelt stehen und es kehrte schlagartig Ruhe ein. Genauer gesagt wurde es so still, dass ich die Panther durch die verrammelte Tür schnarchen hörte. Erst nach einer Weile bemerkte ich, dass die meisten Blicke gar nicht auf mich gerichtet waren, sondern auf etwas hinter mir.

„Was zur Hölle …?“, hörte ich Cormack fragen.

Ich wirbelte herum und sah ihn am Rand des Inselzentrums stehen, neben sich eine kleine Gestalt mit Piratentuch um den Kopf.

„Hallo, allerseits.“ Nana blinzelte so unschuldig in die Runde, als wären vier Raubkatzen und eine Pyramide aus Gartenmöbeln kaum der Rede wert. „Schön, wieder zu Hause zu sein. Hab ich was verpasst?“

26. KAPITEL

Neuigkeiten zum Frühstück

Ich war ja noch nie eine besonders schweigsame Person gewesen – aber ich konnte mich nicht daran erinnern, jemals so viel geredet zu haben wie in den Tagen nach Nanas Rückkehr.

„Erzähl es mir noch mal genauer“, verlangte meine Großmutter vier Tage später beim Frühstück und zog ein Gesicht, mit dem sie mich mehr denn je an eine Piratin erinnerte. „Mildred Silverton hat *was* gemacht?“

„Du weißt jetzt wirklich schon alles“, versicherte ich ihr

und spießte ein Stückchen Schokoladentorte auf meine Gabel. „Tut mir sehr leid, dass ich es dir verheimlicht habe. Aber wir wollten eben nicht, dass du dich aufregen musst oder dir Sorgen machst."

„Aufregen?", wiederholte Nana grimmig. „Ich bin fuchsteufelswild! Oh, dieser Frau möchte ich am liebsten …"

„Die Frisur verwuscheln", warf Noah hilfsbereit ein. „Das wäre am schlimmsten für sie."

„Eher alle Haare einzeln ausrupfen", brummte Nana.

Doch keiner von uns bekam die Gelegenheit, seinen Plan in die Tat umzusetzen, Mrs Silverton war nämlich wie vom Erdboden verschluckt. Nachdem alle den magischen Kutter verlassen hatten, musste sie unbemerkt wieder an Bord geschlichen sein. Zu diesem Zeitpunkt waren wir noch voll und ganz mit den erwachenden Panthern beschäftigt gewesen. Als die Pookas wieder ihre menschliche Gestalt angenommen hatten, waren sie von lauter vorwurfsvollen Inselbewohnern umringt. Brenda hielt ihnen eine lange Strafpredigt und überreichte ihnen dann Besen und Schrubber. Wohl oder übel putzten die Männer das Gasthaus, bis es frei von Panther-Haaren war. Dann wollten sie reumütig zu ihrem Rudel zurückkehren, doch

Mrs Silverton war längst davongefahren. Cormack bot schließlich an, die vier Männer mit seinem Kutter zum Festland zu bringen. Unterwegs hielten sie Ausschau nach Andrés verzaubertem Boot, aber ohne Erfolg.

Ich versuchte, mir darüber nicht den Kopf zu zerbrechen. Eine *verschwundene* Mrs Silverton war ja eigentlich viel besser als eine *anwesende*. Hoffentlich mussten wir sie nie wieder sehen, hören oder riechen. Es genügte schon, dass ich jede Nacht von ihr träumte. Trotzdem hatte ich mein Zimmer seit Nanas Rückkehr kein einziges Mal in Tiergestalt verwüstet und darüber war ich heilfroh. Nana ging zum Glück sehr entspannt mit meinen Wandlerfähigkeiten um, fast so, als hätte ich bloß ein neues Hobby. „Ich habe von Anfang an geahnt, dass du etwas Besonderes bist, meine Süße", hatte sie mit einem kleinen Lächeln gesagt. „Schön, dass wir es jetzt genauer wissen und du dich nicht zu verstecken brauchst. Mir hat leider immer der Mut gefehlt, unseren Nachbarn von den Fabelwesen zu erzählen, obwohl ich sie seit so vielen Jahren kenne. Nicht zu fassen, wie feige ich war!"

In Wirklichkeit war sie natürlich ganz und gar nicht feige – immerhin konnte sie einem Drachen Medizin ins Maul schütten, ohne auch nur nervös zu werden. Aber mit einer nächtlichen Verwandlung hätte ich sie vielleicht doch erschreckt und es gab schon genug, womit sie fertigwerden musste.

„Typisch, dass Patch Island genau dann im Chaos versinkt, während ich weg bin“, klagte sie jetzt zum wohl hundertsten Mal. „In nächster Zeit darf ich auf gar keinen Fall wieder krank werden!“

„Wirst du auch nicht, wenn du dich jetzt ordentlich erholst und einfach mal sitzen bleibst!“, sagte Mam. Streng zeigte sie zum Esstisch und Nana, die gerade in Richtung Küchenzeile geschlichen war, kehrte murrend an ihren Platz zurück.

Mit einem zufriedenen Lächeln drehte Mam sich wieder zum Herd, auf dem sie gerade Haferbrei kochte. Sie und Nana hatten sich erstaunlich schnell angefreundet und benahmen sich, als würden sie einander seit Jahren kennen. Vielleicht lag es daran, dass sie beide genau gleich mutig, fleißig und dickköpfig waren. Mam scheute nicht einmal davor zurück, Nana Befehle zu erteilen. Wenn es nach ihr gegangen wäre, hätte meine Großmutter nur gemütlich herumsitzen und eine Million Fragen über mich beantworten sollen: Wann hatte ich laufen gelernt, Zähne bekommen und Zähne verloren? Was war mein erstes Wort gewesen, meine erste Kinderkrankheit, mein erstes Lieblingsbuch?

Um ehrlich zu sein, fand ich das fast so unangenehm wie die Gespräche über Mrs Silverton. Und es wurde sogar noch schlimmer. Kaum hatte sich Nana wieder auf ihren Platz gesetzt, da öffnete sie die Schublade unterm Esstisch und brachte einen Stapel Fotos zum Vorschein. „Weil wir doch gestern über Rubys ersten Ausritt gesprochen haben, Keela“, sagte sie zu meiner Mam. „Sie ist damals zwar von Bauer Orins Pony gestürzt und leider, leider in einem Haufen Pferdeäpfel gelandet, aber hier hat sie schon wieder ganz tapfer gelächelt …“

Fast wären Noah und Flynn mit den Köpfen zusammengekracht, als sie sich blitzschnell über den Tisch beugten. „Hast du da nicht einen Fleck an der Wange?“, fragte Flynn und Noah meinte: „Stimmt, da ist eindeutig –“

Mit einem Hechtsprung warf ich mich in Nanas Richtung und rupfte ihr den ganzen Stapel aus der Hand. Dann setzte ich mich kurzerhand auf ihn drauf. „Ich nehme das mal lieber in Verwahrung“, sagte ich möglichst würdevoll. „Nicht, dass es euch noch von Kathleens Schokoladentorte ablenkt.“

Mam trat lachend an den Tisch und stellte eine Schale

Haferbrei neben meinen Teller. „Hier, wie bestellt", sagte sie, während sie mir kurz übers Haar streichelte. „Aber ich verstehe nicht, wie du immer noch hungrig sein kannst."

„Das ist nicht für mich", erklärte ich und verzierte den Brei mit ein paar Brombeeren. Dann schob ich meinen Stuhl zurück.

Alle am Tisch stöhnten auf. „Schon wieder ein Spezialmenü für *ihn?*", fragte Nana kopfschüttelnd. „Süße, nichts für ungut, aber er ist ein Hund. Was ihm am besten schmecken würde, wäre vermutlich Hundefutter."

Unbeirrt trug ich die Schale zur Tür. „Ich bin gleich zurück", versprach ich. „Dann können wir uns auf den Weg zur magischen Pflegestation machen."

„Das sollten wir wohl", stimmte Mam zu. „Ein paar von den neu angekommenen Kobolden haben gestern ein Lied gedichtet: *Bringt uns öfter Speis und Trank, wir sind ja krank und auch sehr schlank! Also holt was aus dem Schrank, vielen Dank – sonst gibt es Zank.*"

„Reizend wie immer", hörte ich Nana sagen, ehe ich ins Freie schlüpfte. Eilig überquerte ich den Hof, der in goldenes Morgenlicht getaucht war. Mam hatte recht, es gab auf der magischen Pflegestation jede Menge zu tun. Übers Wochenende hatte sich herumgesprochen, dass das Lied der Meerjungfrauen nicht auf mich bezogen war, und es tauchten jetzt täglich neue Patienten auf. Ein Glück, dass Winnie noch eine Zeitlang die Tierarztpraxis führen wollte, auch wenn sie mittlerweile im Graham's Inn wohnte. Wir hatten mit den Fabelwesen schon mehr als genug Arbeit: Heilbäder für Meerjungfrauen einlassen, Koboldbeulen mit Salbe betupfen, geknickte Feenflügel verbinden … Doch bevor der Trubel losging, nahm ich mir immer ein bisschen Zeit, um André einen Besuch abzustatten. Dabei war ich jedes Mal ziemlich nervös. Auch heute spürte ich ein Ziehen im Bauch, während ich mit einer Hand die Breischale festhielt und mit der anderen die Tür zur Praxis öffnete.

Ja, André schlief nicht auf der magischen Pflegestation, obwohl das naheliegend gewesen wäre. Die anderen Fabelwesen hatten aber natürlich keine Lust, mit einem ‚Feind alles Magischen' zusammenzuwohnen. Deshalb richtete ich meinem Dad für die Nacht immer ein gemütliches Plätzchen im Wartezimmer der Praxis, und damit er sich nicht einsam fühlte, stellte ich noch einen zweiten Hundekorb dazu – für seinen neuen Freund Schmuggel.

Wobei das Wort *Aufpasser* wohl treffender war.

‚Wurde auch Zeit', schien mir Schmuggel sagen zu wollen, als ich das Wartezimmer betrat. ‚Hast mich ja wieder ganz schön lange mit dem komischen Kerl allein gelassen.' Er stand auf und schlurfte mit grantiger Miene auf mich zu. Seine Lefzen sanken noch etwas tiefer, als er die hübsch dekorierte Schale sah.

„Ja, ich weiß", flüsterte ich und holte ein Paket Trockenfutter für ihn aus dem Regal. „Bitte hab noch ein wenig Geduld. Er wird sicher bald lernen, wie man sich als richtiger Hund benimmt."

Wäre Schmuggel ein Mensch gewesen, hätte er wahrscheinlich mit einem frustrierten Seufzer die Augen verdreht. Es war nicht zu übersehen, dass er seinen Schützling furchtbar anstrengend fand. Dafür ging er nicht gerade zimperlich mit ihm um: Als André nun in kerzengerader, ausgesprochen *menschlicher* Haltung herbeimarschiert kam, erntete er von Schmuggel ein genervtes Knurren. Das sollte wohl bedeuten: ‚Du aufgeblasener Wicht! Kein Hund, der etwas auf sich hält, würde dermaßen schnöselig herumlaufen!‘

Zu meiner Verblüffung ließ mein Dad sich das gefallen, obwohl er an Kritik bestimmt nicht gewöhnt war. Aber die Tage als Hund schienen ihn bereits verändert zu haben. Immerhin musste er sich jetzt keine Gedanken mehr um Geld und Erfolg machen. Stattdessen gab es für ihn Spaziergänge in der Natur, ausgiebige Mittagsschläfchen und manchmal ein bisschen Gemecker von Schmuggel – das war alles. Und wie es aussah, war es genau das Richtige. Jedenfalls wirkte André erstaunlich zufrieden und wedelte sogar mit dem Schwanz, als ich ihm sein Frühstück vorsetzte.

„Okay, ähm … lass es dir schmecken und bis später“, sagte ich.

‚Wöff‘, machte André. Es klang ein bisschen steif und obendrein französisch, aber nicht unnett. War das vielleicht eine gute Gelegenheit, um mich mit ihm zu unterhalten? Ich wollte gerade die Gestalt wechseln, aber in letzter Sekunde fehlte mir doch der Mut. Sicher war mein Dad immer noch sauer, weil ich freiwillig eine Wandlerin geblieben war …

„Keine Sorge, der kapiert schon irgendwann, dass du dich richtig entschieden hast."

Ich fuhr herum und sah Noah am Eingang der Praxis stehen. Ein bisschen verlegen ging ich zu ihm nach draußen und schloss die Tür hinter mir. „Woher weißt du, was ich gerade gedacht habe?", fragte ich leise, damit André mich nicht hören konnte.

„Mit komplizierten Vater-Geschichten kenn ich mich aus, schon vergessen?" Noah zuckte mit den Schultern, dann vergrub er die Hände in seinen Hosentaschen und schwieg einen Moment lang.

„Was hast du denn?", fragte ich. Noah konnte zwar oft meine Gedanken lesen, aber dafür erriet ich meistens, wie er sich fühlte. Jetzt gerade hatte er etwas auf dem Herzen, das merkte ich genau. Als er nicht antwortete, sondern nur auf seiner Unterlippe zu kauen begann, bohrte ich nach: „Bist du gekommen, um mich zur Fabelwesen-Pflege abzuholen, oder …?"

„Nein, eigentlich möchte ich was mit dir besprechen", sagte Noah. Er entfernte sich ein paar Schritte von der Praxis und ich lief ihm nervös hinterher, bis er sich wieder zu mir umwandte. „Also, heute Morgen hab ich eine Nachricht von einer Schule bekommen."

Mein Magen schien ein paar Zentimeter tiefer zu sacken. Es war klar, was das zu bedeuten hatte: Das Ende der Sommerferien stand vor der Tür – und damit auch Noahs Rückreise nach Amerika.

„Musst du dich an dieser Schule anmelden?“, fragte ich mit dünner Stimme und ein Hoffnungsschimmer flackerte in mir auf, als Noah den Kopf schüttelte. Dann aber sagte er: „Ist alles schon erledigt. Der Unterricht geht nächste Woche los.“

27. KAPITEL

Zwei gelöste Rätsel

Mehrere Male hörte ich Noahs Worte wie ein Echo in meinen Gedanken. *Nächste Woche.* Schon nächste Woche würde er Tausende Meilen von mir entfernt sein! Ich stellte mir vor, wie es hier ohne ihn sein würde – ohne seine Witze, die mich auch in den unangenehmsten Situationen zum Lachen brachten. Ohne sein freches Grinsen, sein Herumgealbere mit Schmuggel oder seine Versuche, auf mich aufzupassen, auch wenn das gar nicht notwendig war.

Hastig senkte ich den Kopf und meine Haare umhüllten mein Gesicht wie eine rote Wolke. Noah wirkte erstaunlich gefasst, da sollte er nicht sehen, dass ich gegen die Tränen kämpfte. Offenbar hatte er sich mit der ganzen Sache bereits abgefunden.

„Ruby", hörte ich ihn sagen und es klang nicht besonders traurig, „erinnerst du dich noch an die Prophezeiung, die ich von Florabella bekommen habe? *Bist fest verknüpft mit diesem Ort. Musst, wenn du schlau bist, nie mehr fort.*"

Ich nickte, ohne den Blick zu heben. Die Worte kamen mir genauso sinnlos vor wie an dem Tag, als die Fee sie auf eine kleine Pergamentrolle gezaubert hatte.

„Ich hab das Rätsel gelöst."

Meine Haare wirbelten durch die Luft, als ich mich mit einem Ruck aufrichtete. „WAS?"

„Mir ist die Lösung eingefallen, als ich die Ähnlichkeiten zwischen dir und Flynn aufgezählt habe", erklärte Noah. „Ihr seid fast gleich alt, beide Pookas … na ja, du weißt schon. Jedenfalls ist mir in diesem Moment klar geworden, dass *wir* auch etwas gemeinsam haben. Und damit meine ich nicht, dass wir supercool und clever sind, auch wenn das natürlich stimmt." Er zwinkerte mir zu und machte danach eine so lange Pause, dass ich beinahe durchgedreht wäre. Dann erst redete er weiter: „Nein, wir sind auch beide Iren. Ich bin's jedenfalls zu einem Viertel."

Abwartend beobachtete er mich, während sich meine Gedanken überschlugen. Ich erinnerte mich daran, was er mir erzählt hatte, als sein Vater nach Patch Island gekommen war: Seine Grandma hatte seinen irischen Grandpa während einer Reise durch Dublin kennengelernt. Irgendwie war Noah also tatsächlich mit diesem Ort verknüpft, genauso, wie es in der Prophezeiung hieß …

Und dann ging mir plötzlich ein Licht auf. „Dein Dad sagt immer, deine Mom hätte nicht gewollt, dass du entwurzelt wirst!", rief ich. „Aber deine Wurzeln sind auch *hier!*"

„Ganz genau." Zufrieden verschränkte Noah die Arme vor der Brust. „Wenn es um meine nächste Schule ging, hat Dad jedes Mal betont, wie wichtig Herkunft und Familientraditionen sind. Angeblich hätte Mom das genauso gesehen, darum kam bisher nicht infrage, dass ich woanders als in Amerika lebe. Aber jetzt hab ich Dad gesagt, dass ich unbedingt die Bräuche meines Großvaters kennenlernen will und dass Mom sich bestimmt darüber gefreut hätte. Tja, dagegen konnte er natürlich nichts einwenden."

„Und was ist mit der Schule, von der du vorhin gesprochen hast?", fragte ich atemlos.

„Die bietet Fernunterricht an und hat mir heute die ersten Unterlagen per Mail geschickt. Mein Dad fände zwar ein amerikanisches Internat immer noch viel besser, aber zumindest gibt er mir eine Chance. In ein paar Wochen findet die erste Prüfung statt und rate mal, was passiert, wenn ich da eine gute Note kriege!"

„Musst, wenn du schlau bist, nie mehr fort", zitierte ich die Prophezeiung. „Das heißt, du bleibst jetzt ganz lang? Sozusagen für immer?"

„Jep", sagte Noah grinsend und seine Augen leuchteten so blau wie das Meer an einem wolkenlosen Tag. „Ganz lang, sozusagen für immer. Deine Grandma hat mir schon angeboten, weiter in der Wäschekammer zu wohnen. Ich glaube, sie freut sich, dass sie nicht auf mein Talent fürs Katzenklo-Saubermachen verzichten muss." Dann wurde er plötzlich ernst und schaute mich beinahe schüchtern an. „Das heißt, natürlich nur, wenn du das willst …?", fügte er hinzu.

Ich brachte keinen einzigen Ton heraus. Stattdessen

holte ich einmal tief, tief Luft – und fiel Noah um den Hals. Damit hatte er wohl nicht gerechnet, denn für einen Moment machte er sich stocksteif. Erst nach ein paar Sekunden legte er vorsichtig die Hände auf meinen Rücken und ich stellte fest, wie unterschiedlich Umarmungen sein konnten. Wenn meine Mam oder Nana mich drückten, fand ich das weich und sicher. Auch Flynn zu umarmen, fühlte sich ganz natürlich an. Aber mit Noah war es vollkommen anders. Ich spürte die Wärme seiner Hände durch meinen Pullover und von dort kroch sie überallhin. Meine Wangen wurden heiß und mein Bauch kam mir wie eine riesige Glühbirne vor. Ein bisschen ähnelte das Gefühl dem Brennen, das während jeder Verwandlung durch meinen Körper zog. Zum Glück konnte ein Gestaltwechsel nicht durch Umarmungen ausgelöst werden, sondern nur durch …

Ich zuckte zusammen und Noah ließ mich augenblicklich los. „STARKE NEGATIVE GEFÜHLE!", platzte es aus mir heraus.

„Ähm", sagte Noah überrumpelt. „Hast du? *Jetzt?*"

„Aber nein – ich meine am Tag der Fabelwesen-Rettungsmission!", erklärte ich schnell. „Überleg doch mal, was da alles passiert ist: Mrs Silverton hat mich eingesperrt, ich musste mitansehen, wie meine Freunde von Raubkatzen bedroht wurden, und ich habe erfahren, dass mein Vater jemand ist, der … na ja …“

„… nicht gerade eine Tasse mit der Aufschrift *Weltbester Daddy* verdient“, ergänzte Noah. „Schon klar, aber worauf willst du hinaus?“

„Obwohl ich wütend, ängstlich und traurig war, hab ich mich kein einziges Mal gegen meinen Willen verwandelt! Auch im Schlaf ist mir das nie mehr passiert, selbst dann nicht, wenn ich Albträume von Mrs Silverton hatte!“

„Meinst du, dass du deine Kräfte jetzt besser kontrollieren kannst?“, fragte Noah.

„Unmöglich. Flynn hat doch erzählt, dass sich in seinem Rudel *niemand* vollständig im Griff hat, auch nicht die Erwachsenen“, erinnerte ich ihn. „Deswegen trauen sie sich ja kaum aus dem Versteck!“

Noah legte die Stirn in Falten. „Woran kann es denn sonst liegen, dass dir die Magie jetzt ohne Probleme gehorcht?“

Ich drehte eine Locke um meinen Zeigefinger, während ich angestrengt nachdachte. Mir fiel der Morgen ein, an dem ich in meinem verwüsteten Zimmer aufgewacht war – das musste meine letzte unfreiwillige Verwandlung gewesen sein. In der Nacht vor der Fabelwesen-Rettungsmission hatte ich zwar vor Angst sehr schlecht geschlafen, aber trotzdem kein Chaos veranstaltet. Das passte doch eigentlich gar nicht zusammen! Genauso unlogisch fand ich es, dass ich mich zwar schon als Baby verwandelt hatte, aber dann dreizehn Jahre lang nicht mehr. Lag das an der beruhigenden Wirkung, die Nana auf mich hatte? So ganz überzeugte mich diese Erklärung nicht. Irgendetwas konnte ich noch nicht erkennen, ein winziges Steinchen fehlte, um das Bild vollständig zu machen …

Und dann, wie auf Kommando, streckte Mam den Kopf ins Freie. „Kinder“, rief sie, „kann ich den Tisch abräumen? Oder wollt ihr noch ein Tässchen von Cleos besonderem Tee?“

28. KAPITEL

Abschiedstee

Nana, Mam und Flynn machten sehr große Augen, als wir polternd hereingestürmt kamen. Wahrscheinlich sahen wir aus wie zwei Polizisten auf Verbrecherjagd. Vor allem, als ich mit gestrecktem Arm auf den Teekessel zeigte, der immer noch auf dem Esstisch stand.

„Das“, keuchte ich und rang nach Luft, „das ist …“

„Tee“, sagte Mam. „Lieber, unschuldiger Tee. Sei so gut und tu ihm nichts.“

„Aber da ist doch irgendwas Besonderes drin!“, rief Noah.

„Was denn – Drachenspucke?“, fragte Flynn.

„Ich glaube, wir sollten uns jetzt alle hinsetzen und beruhigen.“ Kopfschüttelnd deutete Nana zu unseren Stühlen und wir ließen uns darauf fallen. Allerdings nutzten wir gleich die Gelegenheit, um den Teekessel aus der Nähe zu inspizieren, so als wäre er das wichtigste Beweismittel in einem Kriminalfall.

„Ihr macht mich wahnsinnig!“, stöhnte Nana. „Was ist denn bloß in euch gefahren? Diesen Tee haben wir doch schon immer getrunken, Ruby!“

„Ja, aber warum eigentlich?“, fragte ich aufgeregt. „Das hast du mir noch nie erzählt. Wie bist du überhaupt auf diese Mischung gekommen?“

Zu meinem Erstaunen wirkte Nana plötzlich verlegen. „Nun ja“, sagte sie und spielte mit ihrer Kuchengabel. „Um ehrlich zu sein, liegt es daran, dass ich mal ein bisschen … abergläubisch war.“

„Du?“, fragten Noah und ich wie aus einem Mund. Auch Flynn und meine Mam zogen überrascht die Au-

genbrauen hoch. In den letzten Tagen hatten sie sicher gemerkt, was für eine bodenständige Person meine Großmutter war – und das, obwohl sie ständig mit magischen Wesen zu tun hatte. Aberglaube konnte man sich bei ihr kaum vorstellen.

Nana rutschte auf ihrem Stuhl herum. „Ja, aber das ist wirklich lange her. Zwanzig Jahre, schätze ich."

„Du meinst, als dieser Kobold mit dem gebrochenen Bein zu dir gekommen ist?", hakte ich sofort nach.

„Richtig. Er war mein erster magischer Patient und sein Anblick hat mich ganz schön erschreckt. Eigentlich hätte ich auf so etwas vorbereitet sein müssen, denn meine Mutter hat andauernd von übernatürlichen Dingen gesprochen, aber das fand ich schon als Kind einfach nur komisch. Und nun stand auf einmal ein waschechtes Fabelwesen auf der Schwelle meines Hauses!" Bei der Erinnerung daran schüttelte Nana den Kopf, sodass ihr einzelner Ohrring schaukelte. „Ich hatte tatsächlich Angst, verhext oder verflucht zu werden. Vor allem, als kurze Zeit später auch Feen als Patienten zu mir kamen. Darum habe ich in einem alten Buch von meiner Mam nachgeschlagen und dort ein paar Kräuter gefunden, die vor magischen Einflüssen schützen sollen: Schafgarbe, Salbei und Brennnessel. Bald wurde mir klar, dass mir kein Patient etwas Böses antun wollte, aber den Tee habe ich trotzdem weiterhin getrunken."

„Wegen seiner beruhigenden Wirkung, oder?", vermutete Flynn.

„Nein, ich hatte mich einfach an den Geschmack gewöhnt", sagte Nana. „Von einer besonderen Wirkung hab ich nie was gemerkt."

Mam und Flynn wechselten verwirrte Blicke. Noch vor wenigen Minuten hätte ich mich ebenfalls über Nanas Worte gewundert – schließlich war ich jahrelang der Meinung gewesen, wir würden diesen Tee extra zur Entspannung trinken. Aber jetzt fand ich es nur logisch, dass er keinen Effekt auf meine Großmutter hatte. Sie war nun mal kein Fabelwesen, ihr fehlte also genau das, worauf die Kraft des Tees abzielte: die Magie.

Ich schluckte, während mir erst jetzt so richtig bewusst wurde, was Noah und ich herausgefunden hatten. Es war so bedeutsam, so *großartig*, dass ich eigentlich Freudentänze hätte aufführen müssen. Stattdessen war ich vollkommen sprachlos.

Nana wartete noch einen Moment, dann hielt sie unser

Schweigen nicht mehr aus. „Würdet ihr mir jetzt bitte mal verraten, was mit Schafgarbe, Salbei und Brennnessel nicht stimmt?“, fragte sie. „Sind sie auf Dauer giftig? Kriegt man davon Haare auf den Zähnen oder grüne Warzen?“

„Nicht giftig“, brachte ich mühsam hervor. „Ein Heilmittel.“ Hilfe suchend schaute ich zu Noah und er redete für mich weiter.

„Die Schreckschraube Silverton hat gleich nach ihrer Ankunft alle getrockneten Kräuter in den Müll geworfen“, erzählte er. „Kurz darauf hat Ruby begonnen, sich im Schlaf zu verwandeln. Bei starken negativen Gefühlen ist ihr das bald auch tagsüber passiert. Zwar hat sie nach und nach gelernt, es besser zu kontrollieren, aber sie hatte ihre Kräfte niemals ganz im Griff. Erst, nachdem wir einen neuen Teevorrat angelegt hatten, war es mit den unfreiwilligen Gestaltwechseln vorbei.“

Mam wurde unter ihren Sommersprossen kreidebleich. „Ihr glaubt, dieser Tee könnte genau das sein, wonach André die ganze Zeit gesucht hat?“, hauchte sie.

„Er ist sogar noch besser. Die Wandlerfähigkeiten werden damit nicht betäubt, sondern nur beruhigt. Ihr könnt also immer noch Tiere werden, wenn ihr wollt.“

Mit einem Ruck sprang Flynn auf, sodass der Stuhl hinter ihm zu Boden polterte. „Ach du Schande“, stammelte er. „Ist euch klar, was das bedeutet? Wir müssten uns nie mehr verstecken!“

„Das Rudel könnte das Hotel verlassen, reisen, ein normales Leben führen …“, sagte Mam und langsam ging ein Strahlen über ihr Gesicht.

Auch Flynn lächelte jetzt – ein Lächeln, das noch ungläubig und zittrig war, aber von einem Ohr zum anderen reichte. Ich konnte mir ungefähr vorstellen, wie er sich fühlte. Allerdings hatte *ich* nur während ein paar Wochen befürchten müssen, im Schlaf etwas anzustellen. Für Flynn lief das schon sein ganzes Leben so. Eine Weile schien er noch komplett überwältigt zu sein, dann begann er mit dem längst angebrachten Freudentanz. Mam und ich ließen uns sofort mitreißen. Wie wild hopsten wir um den Esstisch herum, während Nana und Noah halb kopfschüttelnd, halb belustigt zuschauten. Als jemand versehentlich eine Tasse zu Boden fegte, schrien wir gleichzeitig: *„O nein, der Tee!“* und prusteten nach ein paar Schrecksekunden los. Schafgarbe und Brennnessel wuchsen überall und Salbei gab es massenhaft in unserem

Garten. Dieses Heilmittel würde uns jederzeit zur Verfügung stehen.

„Vater, Orla und die anderen müssen das so schnell wie möglich erfahren“, schnaufte Mam, als sie irgendwann mit knallroten Backen und wirrem Haar stehen blieb.

„Willst du wieder zur Küste fliegen?“, fragte Flynn, denn das hatte Mam vor zwei Nächten getan, um dem Rudel alles zu erzählen. Im Versteck der Pookas gab es ja kein Telefon.

Doch Mam schüttelte den Kopf. „Diesmal würde ich lieber als Mensch reisen, dann kann ich ihnen gleich etwas von dem Tee mitbringen!“

„Oh – holst du bei der Gelegenheit auch gleich ein paar von meinen Sachen?“ Flynn streckte die Arme aus, sodass wir seine nackten Handgelenke sahen. „Wir werden ja sicher noch eine ganze Weile hierbleiben und Noahs Klamotten sind mir ein bisschen zu kurz.“

„Tut mir furchtbar leid, Spaghetti-Arm“, brummte Noah.

„Du kommst auf jeden Fall mit, mein Lieber“, bestimmte Mam, „und entschuldigst dich persönlich bei deinem Grandpa dafür, dass du ausgerissen bist. Sobald wir alles geregelt haben, kehren wir nach Patch Island zurück.“

Flynn murrte zwar vor sich hin, doch Mam ließ sich nicht erweichen. Tatkräftig wie immer begann sie, alles für die Fahrt zum Festland vorzubereiten. Inzwischen rief ich Cormack an und fragte ihn, ob er wieder jemanden auf seinem Kutter mitnehmen könnte.

„Taxi Cormack, stets zu Diensten", sagte er mit einem gutmütigen Lachen. „Kathleen wird sich freuen, wenn ich heute für sie zum Einkaufen fahre. Sie hat plötzlich viel mehr Kundschaft und gerät langsam in Panik."

Also brachen wir wenig später alle zusammen auf: Nana, Mam, Flynn, Noah und ich. Auch Schmuggel war mit von der Partie. Nur André hatten wir lieber im Wartezimmer gelassen, wo er friedlich vor sich hin döste. Erstens wollte Mam vor ihrer Abreise unbedingt noch zur magischen Pflegestation, um dort die dringendsten Aufgaben zu erledigen, und zweitens hatten wir Dad noch nichts von der Sache mit dem Tee erzählt.

„Wir müssen es ihm schonend beibringen", sagte Mam. „Sicher kriegt er die Krise, wenn er hört, dass er mit all seinen Forschungen nur Zeit verschwendet hat."

„Vielleicht aber auch nicht", wandte ich ein. „Er kommt mir immer entspannter vor, je länger er in Tiergestalt ist. Irgendwie … zufriedener und netter, findet ihr nicht?"

„Doch, schon. Beim Stöckchenbringen lässt er Schmuggel immer den Vortritt“, meinte Noah trocken.

Ich biss mir auf die Unterlippe, nicht sicher, ob ich jetzt empört sein musste oder mir vielleicht doch ein Lachen erlauben konnte. Alles, was mit meinem Vater zusammenhing, war so unglaublich schräg! Ich hoffte aber, dass ich mich bald daran gewöhnen würde. Immerhin gehörten Seltsamkeiten schon seit vielen Jahren zu meinem Alltag – und das Leben auf Patch Island war in letzter Zeit sogar noch seltsamer geworden. Als wir das Inselzentrum erreichten, stießen wir fast mit einer Fee zusammen, die an uns vorbei zum Gasthaus flatterte. Mit ihrem Kleid aus weißen und rosafarbenen Blüten würde sie perfekt zur Einrichtung des Graham's Inn passen, ganz im Gegensatz zu ihrem Begleiter.

„War das …?“, begann Flynn und blinzelte, als könnte er sich geirrt haben. Dabei war das zweite Fabelwesen unmöglich zu übersehen.

„Ein Feenhund“, stöhnte ich. „Mit sehr, sehr viel Fell und schmutzigen Pfoten.“

Wie angewurzelt blieben wir stehen, während die beiden im Graham's Inn verschwanden. Natürlich ließ Brendas Reaktion nicht lange auf sich warten.

„HUNDE GEHÖREN NICHT IN MEINE GASTSTUBE!“, schimpfte die Wirtin. „Schon gar nicht, wenn sie zwei Meter hoch sind! Ist Ihnen klar, wie viel ich nachher wieder putzen muss, verehrtes Feenfräulein?“

Nana stieß einen Seufzer aus. „Ich sollte wohl nachsehen, ob ich helfen kann“, sagte sie augenrollend. „Also dann, macht's gut und bis bald, ihr Lieben. Keela, du hast doch hoffentlich genug Tee mitgenommen?“

„Na klar!“ Vergnügt schwenkte Mam einen Seesack, den Nana ihr geliehen hatte. Ich bildete mir ein, den Duft der Kräuter sogar durch den Stoff riechen zu können.

Mit einem zufriedenen Nicken wandte Nana sich um und eilte Brenda zu Hilfe, die immer noch aus vollem Hals zeterte. Wir schlenderten inzwischen weiter, wurden aber nach wenigen Schritten erneut gestoppt. Zwei Männer hockten auf einem der Gartentische vor Kathleens Bäckerei – Männer in Flaschengröße, die herzzerreißend jammerten.

„O bitte“, winselten sie, „spendiert uns doch ein paar Süßigkeiten! Die garstige Bäckerin will uns keine schenken!“

„Komisch", sagte ich, während ich eine Münze aus meiner Hosentasche fischte. „Das sieht Kathleen gar nicht ähnlich."

„Ist aber so. Sie rückt einfach nichts raus! Kein einziges Bonbönchen … schon seit fünf Minuten nicht mehr!" Mit keckerndem Lachen grapschte sich einer der beiden das Geldstück, dann schossen die Kobolde in die Bäckerei.

Noah schnalzte mit der Zunge. „Ruby, Ruby. Kobolde haben ganze *Töpfe* voll Gold. Schon vergessen?"

Aber ich war nicht die Einzige, die sich von den frechen kleinen Kerlen um den Finger wickeln ließ. Durch die Schaufensterscheibe sah ich, wie Kathleen zuerst die Hände in die Hüften stemmte und mit strenger Miene den Kopf schüttelte. Als die Kobolde jedoch an ihr hochkletterten, sich auf ihre Schultern setzten und anscheinend ein selbst gedichtetes Lied vortrugen, konnte sie nicht länger hart bleiben. Schmunzelnd füllte sie Bonbons in eine Tüte (die für einen Kobold groß wie ein Mehlsack war) und überreichte sie den beiden Quälgeistern. Zum Dank bekam sie ein paar klebrige Koboldküsse auf die Wangen.

„Zerquetschen", quiekte jemand hinter mir. „Zerbrechen! Ein Auge ausstechen!"

Ich fuhr herum und sah den alten Fergus an einem anderen Gartentisch sitzen. Er war wohl gerade mit seinem zweiten Frühstück fertig geworden, das er sich immer am Schokotorten-Dienstag gönnte. Das blutrünstige Piepsen stammte allerdings nicht von ihm, sondern von seinem Gegenüber. In gekrümmter Haltung saß da ein Ghul und beobachtete die Kobolde aus feindselig zusammengekniffenen Augen. Ich erkannte sofort, dass es derjenige war, den wir gerettet hatten. Zwar verströmte er nun wieder einen leicht modrigen Geruch, aber er hatte immer noch etwas Niedliches an sich. Wie um das wettzumachen, zermanschte er jetzt einen Rest Torte mit seiner knochigen Hand.

„Ich fass es nicht!", rief Noah und schaute entzückt zwischen Fergus und dem Ghul hin und her. „Seid ihr etwa Kumpel geworden?"

„Ach, papperlapapp! Ich mag keine neuen Bekanntschaften", sagte Fergus, ohne sich darum zu kümmern, dass er Noah, Flynn und Mam auch erst vor Kurzem kennengelernt hatte. „Besonders nervig finde ich dieses dauerfröhliche Kobold-Gesocks. Auch Gespenster sind überhaupt nicht so, wie ich sie mir vorgestellt hatte! Letzte Nacht bin ich 'nem bleichen Kerl mit Flatterhaaren begegnet, der war total überdreht und wollte mir ständig zeigen, wie durchsichtig alle seine Finger sind … Aber Mr Ghul hier scheint wenigstens ein ganz vernünftiger Typ zu sein."

„Knuffen! Kneifen! Die Ohren abschleifen!", warf der ‚vernünftige Typ' ein, während die Kobolde wieder aus der Bäckerei gehüpft kamen. Die Möwe Meinsmeins gab ein zustimmendes Kreischen von sich. Offenbar konnte sie Kobolde genauso wenig leiden wie Fergus und der Ghul.

„Der Himmel steh uns bei", murmelte ich, als wäre ich Pfarrer Morland an einem stürmischen Tag.

Mam lachte nur. „Einen zauberhaften Morgen wünsche ich den Herren", grüßte sie Fergus und den Ghul extra freundlich, ehe wir unseren Weg fortsetzten. Noch aus der Ferne konnte ich die zwei im Chor knurren hören.

Am Rand des Inselzentrums trafen wir Mr O'Leary, der etwas auf seinen Notizblock schrieb. Genauer gesagt kritzelte er so wild, dass es mich nicht gewundert hätte, wenn dabei Funken durch die Luft gestoben wären. „Was machen Sie denn da?", fragte ich beunruhigt. „Über die Fabelwesen darf nichts in der Zeitung erscheinen, das wissen Sie doch …"

„Ich schreibe keinen Zeitungsartikel“, jauchzte mein ehemaliger Lehrer, „sondern ein Buch! Schon seit Ewigkeiten war ich nicht mehr so inspiriert! Romantische Fantasy soll es werden und es geht um ein Menschenmädchen, das sich in einen übernatürlichen Jungen verliebt … oder andersrum, ein normaler Junge verliert sein Herz an ein weibliches Fabelwesen, da bin ich mir noch nicht hundertprozentig sicher …“

Noah schien es auch gar nicht so genau wissen zu wollen. „Klingt super, viel Erfolg!“, unterbrach er Mr O'Leary, packte meinen Arm und zog mich weiter. Allerdings war es an diesem Tag wohl nicht möglich, der Romantik auf Patch Island zu entkommen. Im Hafen erwartete uns Cormack mit einem amüsierten Grinsen und sagte:

„Lasst uns bitte schnell abfahren. Hier sind vorhin eine Robbe und eine Meerjungfrau vorbeigeschwommen, die sich gegenseitig Liebeslieder vorgesungen haben! Das Mädel hatte eine hübsche Stimme, aber die Robbe … also, das muss ich echt kein zweites Mal hören.“

Trotzdem machten weder Mam noch Flynn Anstalten, auf den Kutter zu steigen. „Möchtest du nicht doch mitkommen, Ruby?“, fragte Mam. „Sicher würde mein Vater gern seine Enkelin besser kennenlernen.“

„Und Grandpa Quinn ist gar nicht so übel, wenn er sich nicht grade Sorgen macht", kam Flynn ihr zu Hilfe. Aus bettelnden grünen Augen schauten mich die beiden an, sodass ich fast schwach geworden wäre. Dann aber dachte ich an die Pflegestationen, an Nana und Noah …

„Ihr kommt doch ganz, ganz schnell wieder, ja?", entgegnete ich.

„Fest versprochen." Mam strich mir noch schnell eine Locke hinters Ohr, dann ging sie mit Flynn an Bord. Kurz darauf setzte sich der Kutter in Bewegung. Ich winkte so lange, bis ich meine Familie kaum noch erkennen konnte. Eine Weile standen Noah, Schmuggel und ich still da, während der Kutter über die sanften Wellen davonfuhr.

„Fühlt sich an, als hätten wir das schon öfter erlebt", sagte Noah, als nur mehr ein Pünktchen am Horizont zu sehen war.

„Du meinst ein Déjà-vu."

Noah schnaubte. „Fängst du jetzt auch mit Französisch an?"

„Stick salé", sagte ich und sprang quietschend zur Seite, als Noah so tat, als wollte er mich vom Pier schubsen. Im nächsten Moment erstarrte ich, die Augen voller Entsetzen aufs Meer gerichtet.

„Was ist?", fragte Noah alarmiert.

Ich blinzelte ein paarmal, dann schüttelte ich den Kopf. „Nichts. Ich dachte tatsächlich, ich hätte den magischen Kutter gesehen, aber es war wohl doch nur ein Möwenschwarm."

Stöhnend griff Noah wieder nach Schmuggels Leine, die er bei unserer Rangelei fallen gelassen hatte. „Jetzt vergiss doch dieses blöde Schiff und vor allem die superblöde Schreckschraube!", befahl er. „Wir haben uns in den vergangenen Wochen mehr als genug herumgeärgert. Jetzt kommt zur Abwechslung mal eine Zeit *ohne* Stress. Nur mit Tierpflege und Kuchen und Gassigehen und Kuchen und einer Prise Magie."

Ich musste kichern. „Du hast zweimal Kuchen gesagt."

„Ach ja, und Kuchen", ergänzte Noah. „Denkst du nicht auch?"

„Absolut", stimmte ich zu. „Jetzt sollte für eine Weile nichts mehr schiefgehen."

Aber noch während ich das sagte, spürte ich, dass ich nicht wirklich daran glaubte. In unserem Leben gab es nicht nur eine *Prise* Magie, sondern eine ganze Ladung, und das sorgte automatisch für Schwierigkeiten. Ein Glück, dass ich mich immer auf Noah, Nana und meine kauzigen Nachbarn verlassen konnte. Außerdem hatte ich magische Kräfte, einen neu entdeckten Zaubertrank … und ein paar Kobolde, die heimlich herangeschlichen waren und nun meine Stiefel als Rutschbahn benutzten.

Was brauchte man denn noch, um für jedes weitere Abenteuer gewappnet zu sein?

Kira Gembri wurde 1990 als zweitältestes von fünf Kindern in Wien geboren. Dieser schönen Stadt blieb sie auch nach ihrem Studium der Vergleichenden Literaturwissenschaft treu. Ihre Liebe zu Büchern teilt sie mit ihrem Mann und ihrer kleinen Tochter, die ganz fest an Märchen glaubt. Fabelwesen hausen übrigens keine bei ihr – aber ein Kater, der in seinem früheren Leben definitiv ein Kobold war.

Verena Körting wurde in Köln geboren und wuchs auch dort auf. Nach dem Kommunikationsdesign-Studium an der FH Düsseldorf zog sie nach Hamburg und arbeitete dort als Grafikdesignerin, was ihr aber auf Dauer zu langweilig war. Seit 2010 illustriert sie, mittlerweile hauptberuflich, für verschiedene Kinderbuchverlage. Sie lebt und arbeitet in Köln.